NARRATORI MODERNI

Dello stesso autore in edizione Garzanti:
Prometto di sbagliare
Prometto di sposarti ogni giorno
Prometto di perdere
Era te che cercavo

PEDRO CHAGAS FREITAS

PROMETTO DI AMARE

Traduzione di
ETTORE CORSINI

Garzanti

Prima edizione: febbraio 2019

Per essere informato sulle novità del Gruppo editoriale Mauri Spagnol visita:
www.illibraio.it

Traduzione dal portoghese di
Ettore Corsini

Titolo originale dell'opera:
Prometo amar

ISBN 978-88-11-60490-7

Printed in Italy

www.garzanti.it

PROMETTO DI AMARE

Con Bárbara.
Con Benjamin.
Per tutto.

AMORE: s.m. Sinonimo di sogno. Sinonimo di vita. Sinonimo di tutto.

– Non credo nella realtà,
lui pronunciò queste parole con la testa appoggiata al seno destro di lei, proprio quello che era stato asportato qualche giorno prima,
– Non è niente, così sono più vicino al tuo cuore,
lei sorrise, forse le rimaneva poco tempo da vivere ma in quel tempo c'era tutta la vita, le braccia di lui, la completa libertà di essere amata e di amare pienamente,
– La libertà non è vivere in una gabbia più grande, è non avere nessuna gabbia attorno,
loro non ne avevano, non ne avevano mai avute, fin dal momento in cui si erano incontrati, quando incontrarsi era proibito e la società non poteva comprenderli, molto spesso le cose migliori della vita sono quelle che nessuno è in grado di comprendere,
– Benvenuta nel mio delirio,
lei entrò, rimase, delirò, l'amore c'è solo quando entriamo, rimaniamo e deliriamo, se entriamo e rimaniamo e basta non riusciremo mai ad arrivare fino in fondo, a un certo punto ce ne andiamo senza nemmeno delirare e chi ama può rinunciare a molte cose, ma non può mai rinunciare a un delirio compulsivo, a un errore preciso, l'amore è precisamente ciò che ci fa smettere di essere precisi, per questo ne abbiamo assoluto bisogno,
– Spesso i nostri sogni non si avverano, ma spesso siamo noi che non vogliamo vivere i nostri sogni,
e così fu, non avevano mai sognato questo sogno ma lo stavano vivendo senza mai toccare la terra con i piedi, come se fosse un rifugio dalle intemperie, l'amore è anche que-

sto, una tempesta costante, quasi un abisso, o l'abisso stesso, che non si ferma mai, un sentimento assurdo che non ha nessun senso,

– Ho smesso di combattere i miei demoni e adesso stanno dalla mia parte,

i demoni dell'amore, chi non ne ha?, e nel mondo c'è tanta gente *merdavigliosa,* così meravigliosa di fuori eppure così piena di merda, e se rimaniamo in compagnia di queste persone, sempre e solo con queste persone, non capiamo più quello che facciamo, ma loro due no, loro si sono ritrovati l'un l'altra e sono fuggiti, amare è incontrare qualcuno che ci fa fuggire, così da potersi ritrovare,

– Soffro di un'insufficienza emotiva,

aveva confessato lui, anche lei ne soffriva, stavano insieme e rimasero insieme, senza alcuna aspettativa, senza sapere quello che volevano e desiderando esattamente questo, minuto dopo minuto, vivendo ogni giorno senza un domani,

– Solo ciò che attraversa i sensi arriva alla mente,

come questo bacio senza vestiti, il bacio, non loro, loro continuano a indossarli, ma il bacio è nudo, le lingue nude, la verità in lacrime al centro dei corpi; nessuno sa se il corpo di lei vivrà ancora, nessuno sa se i minuti si esauriranno a breve, la felicità è soprattutto ridurre al massimo la presenza di ciò che ci manca, e in questo momento a loro non manca nulla,

– So solo di non sapere nulla,

e basta spostare una parola perché tutto il mondo cambi,

– Solo, so di non sapere nulla,

questo lo sappiamo tutti.

«Baciami e calma la mia vita. Voglio poterti custodire dentro di me.»

Pronunciò queste parole e sorrise. Come avrebbe voluto dirle a lui di persona, e non a quello specchio appannato e sporco che non aveva niente da ribattere. Con un po' più di fiducia in sé stessa nel giro di trenta minuti, o anche meno, avrebbe detto tutto quello che aveva da dire.

Nella vita arriva un momento in cui l'amore ha bisogno di parole.

«Ho bisogno di te per ritrovarmi. Voglio che mi insegni a capire dove sono.»

Lui provò le parole diverse volte mentre sceglieva cosa indossare per quella serata che sembrava non dovesse arrivare mai. Sapeva di essere pronto a tutto. Tranne che a perdere.

Nella vita arriva un momento in cui si sopporta tutto tranne il pensiero di perdere tutto.

«Mancano trenta passi per arrivare all'ultimo passo. Tra trenta passi sarò a un passo dalla vita.»

Lei stava misurando la distanza esatta tra la sua casa e quella panchina del parco dove avevano appuntamento, così come tante altre volte aveva immaginato quell'istante. Il momento stava per arrivare e lei non vedeva l'ora. Anche perché adesso l'emozione era così grande che non riusciva a vedere assolutamente nient'altro. Desiderava soltanto lui.

Nella vita arriva un momento in cui gli occhi non servono per vedere, servono per amare.

«Sei in ritardo di cinque secondi. Forse già non mi ami più e la mia vita non ha senso.»

Lui si agitava senza posa su quella panchina del parco che assomigliava, adesso, a un immenso deserto a perdita d'occhio. Non riusciva a trovare la posizione corretta, la posizione adatta: la posizione sopportabile. In pochi secondi arrivò alla conclusione che, qualsiasi fosse la posizione, lui sarebbe sempre rimasto in ginocchio. A chiedere di lei, a disperarsi per lei.

Nella vita arriva un momento in cui l'amore è anche disperazione.

«Giuro che non l'avevo vista. Stavo guidando tranquillamente e all'improvviso me la sono trovata davanti. Ho frenato, ma ormai era troppo tardi. Mi dispiace moltissimo. Giuro che non l'avevo vista.»

Nonostante si portasse le mani al volto e tentasse di spiegarsi, il conducente del veicolo che l'aveva investita non riusciva a calmare il dolore che gli percorreva la spina dorsale come una scheggia impazzita. Lei cercava di muoversi, con l'aiuto delle tante persone che erano accorse, ma non ci riusciva. Nella sua testa le gambe si muovevano; a guardarle, però, quelle rimanevano immobili. Nessuno rispetta i miei ordini, pensò di dire, come per aggiungere un tocco di umorismo in mezzo a quella confusione. Ma perse i sensi prima di avere il tempo di articolare qualsiasi parola.

Nella vita arriva un momento in cui tutte le parole restano sospese.

«Ero convinto, nel profondo di me stesso, che avremmo concluso questa giornata distesi l'uno accanto all'altra. Ma non avrei mai pensato che sarebbe andata così.»

Lui scherzò sul fatto che entrambi erano stesi, fianco a fianco, sopra uno stretto letto d'ospedale, finché non apparve un'infermiera e gli disse che non poteva restare lì. Allora la strinse delicatamente, la abbracciò ancora più delicatamente, le accarezzò il volto, le chiese di non chiudere gli occhi. Ma lei, impotente, li chiuse.

Nella vita arriva un momento in cui soltanto con gli occhi chiusi si riesce a vedere la vita.

«Si trova nell'intervallo del mistero. Può desistere oppure continuare. Abbiamo fatto tutto il possibile, abbiamo curato le lesioni e le funzioni vitali si sono stabilizzate. Ma si trova all'interno delle sue fragilità. Non rimane altro che sperare che si aggrappi alla vita.»

La dottoressa aveva parlato con un tocco di poesia nella voce, ma non confessò mai di dubitare che lei avesse un appiglio a cui aggrapparsi per sopravvivere. Lui, al contrario, ci credeva, ma non sapeva se lei ci si sarebbe aggrappata. Fu lui, alla fine, che si aggrappò a lei.

Sono stufa. Quest'uomo. Sempre quest'uomo. Un uomo tanto buono. Una brava persona. E questa casa. Tanto carina. E sono stufa. E questo ragazzino. È mio figlio. Lo amo più di ogni altra cosa. Morirei per lui. Ma sono stufa. Vorrei una casa più grande, un lavoro migliore, una vita straordinaria. Vorrei la piscina, la macchina di lusso, un lavoro multimilionario. E invece ho questo. Una casa banale, un lavoro banale. Una vita senza un pizzico di magia.

– Va tutto bene, amore?

Sì. Il cibo è buono. Niente di più. Il massimo che riesco a raggiungere è buono. E io vorrei tanto l'eccellente, il magnifico, il meraviglioso, lo spettacolare. Mi rimane questo, solo questo, sempre questo: una famiglia ordinaria in una casa ordinaria, una cena con cibo ordinario e parole ordinarie.

– Com'è andata la tua giornata?

Sì, anche la mia giornata è stata così: ordinaria. Sono stufa. Tanto stufa.

Sei strana. Hai lo sguardo distante, molto distante, mi guardi come se fossi qui ma senza esserci. Sei la donna più perfetta di tutto il pianeta, ne sono più sicuro adesso rispetto a quando ci siamo sposati. Ti ricordi? Tutta la chiesa ti guardava passare, il vestito ti cadeva come se tutta la magia si trovasse in te e lui fosse lì solo per accompagnarti. Ed era proprio così. Lui era lì solo per accompagnarti, così come anch'io sono qui solo per accompagnarti. Sei la stella della mia vita, la stella della vita di nostro figlio. L'hai guardato bene, oggi? Guardalo. Io lo guardo tutti i giorni per poterlo amare tutti i giorni, per vedere come da bambino stia pian piano diventando una persona grande, sebbene sia già, te lo garantisco, una grande persona. Ieri, a scuola, si è addossato la colpa di un suo amico solo perché non venisse espulso, ed è stato espulso al suo posto. Ma se lo poteva permettere, non rischiava la bocciatura come l'amico: gli ha salvato la vita, capisci?

– Va tutto bene, amore?

Spero di sì. Lo so che ti disturba che io sia ancora a casa, senza lavoro, senza stipendio, ma giuro su Dio che continuo a cercare. Ho inviato centinaia, letteralmente centinaia, credimi, di curriculum solo oggi pomeriggio. Ieri ho passato la mattinata a bussare alla porta di tutte le aziende della città. Un giorno mi chiameranno. Un giorno mi risponderanno e sarò di nuovo un uomo, l'uomo che desideri. Lo so bene che non ti piace che io stia qui, fermo, ad aspettarti, ma la verità è che io sarò sempre qui fermo ad aspettarti anche se dovessero offrirmi tutti i lavori di questo mondo. Sarò sempre quello che sta qui ad aspettarti, è questo il senso della mia vita, e anche di quella di tuo figlio, che sia chiaro fin da ora.

– Com'è andata la tua giornata?

Meravigliosamente, come tutti i giorni da quando ti conosco, te lo garantisco, e ti amo, che sia chiaro fin da ora.

Sono così felice. Tanto felice. I miei genitori sono così belli. Lo sono veramente. Lo so che tutti i bambini e tutti i figli devono dire così. Ma io sono davvero felice. E i miei genitori sono davvero belli. Sono più belli di Teresa, la ragazza che sta di fronte a me durante la lezione di scienze, di sicuro la ragazza più bella della scuola e del mondo intero, esclusa mia madre, ovviamente. Mia madre non è di questo mondo. Sorride poco, ma quando sorride tutta la vita sembra diventare facile. Sapete come funziona, no? Lei sorride e tutto sembra facile. Vorrei che sorridesse più spesso, ma avrà i suoi motivi, è così che si dice, no? Gli adulti sono complicati. Mio padre a volte cerca di spiegarmi queste cose serie, ma poi penso al sorriso di mia madre e tutto passa.

– Va tutto bene, amore?

Sempre, il papà cucina bene ed è innamorato di noi. È impossibile non notarlo. Passa tutto il giorno a occuparsi di noi, quando viene a prendermi a scuola e quando la mamma torna a casa. È il papà più spettacolare di sempre. Uno di quei papà eroi delle storie che leggevo da piccolino. Sì, perché adesso sono grande e leggo cose da grandi. In uno dei libri che ho letto c'era perfino un bacio con la lingua. Ma non ditelo ai miei genitori, non voglio che pensino che sia cresciuto. Preferisco che mi vedano ancora come il loro bambino, credo che questo li faccia sentire uniti. Scommetto che loro si piacciono così come piacciono a me. Solo che a volte succedono cose che possono ferire, cose da adulti. Mi sa che ve ne ho già parlato. Ma, come vi dicevo, sono tanto felice. C'è una magia particolare in questa casa, in questa vita. Mia madre è una creatura magica e se sorridesse più spesso sarebbe ancora più magica. Mio padre è una creatura magica e se trovasse un lavoro sarebbe ancora più magico. Alla fine ho capito che manca sempre qualcosa perché la magia sia completa in questa nostra vita, ma forse è proprio così che la magia accade: quando riusciamo sempre a vederla in quello che abbiamo.

– Com'è andata la tua giornata?

La migliore di sempre, ma di sicuro peggiore di come sarà domani. Mamma, papà, scambiatevi un bacio e datene uno anche a me, così le cose andranno ancora meglio, che ne dite?

– Chi troppo vuole troppo sente.

Quando ti ho visto per la prima volta mi è venuta in mente questa frase: disfare frasi fatte è un passatempo curioso, che mi ha sempre fatto sentire migliore, meno domata, meno addomesticata. Mi piace correre il rischio di non avere nulla per poter sentire la possibilità di avere tutto. Almeno per sentire la possibilità di avere tutto. Chi rimane a metà strada riesce a sentire solo a metà, che, secondo i miei calcoli di bambina di dieci anni, è uguale a niente. Metà di un sentimento è uguale a nessun sentimento. Nessuno sente a metà, miei cari, mi dispiace. O senti tutto o non vivi niente.

– La vita è composta da due giorni. Uno è fatto per amare, l'altro per essere amati.

Quando ti ho abbracciata per la prima volta mi è venuta in mente questa frase: crediamo nei numeri per sconfiggere i sogni, e allora perché non usiamo i numeri per amare? Adoro fare le operazioni. Forse adesso, alla fine delle superiori, sceglierò di studiare ingegneria o addirittura matematica. Mi interessa capire il senso della vita, conoscere la filosofia che ci trascina. Le scienze esatte ci permettono di interpretare l'emozione attraverso una griglia ordinata e poi di reinventarla di nuovo. Il possibile esiste affinché tu possa sentire l'impossibile: uno più uno, se lo vogliamo, è uguale a tutto. Non credo che nessun matematico possa contrariarmi, e anche se ci fosse non sarebbe un matematico ma soltanto un disilluso senza alcuna logica (e tutti gli esperti di numeri decimali sanno che un disilluso è uno zero assoluto). Tutti gli uomini sono capaci di comprendere quello che sentono, anche se non c'è una spiegazione logica. Gli innamorati possono anche fare delle operazioni sbagliate ma il loro risultato sarà comunque giusto.

– Meglio solo che senza di te.

Quando ci siamo sposati mi è venuta in mente questa frase: è un egoismo umano, perdonami la ridondanza. Sapevo di avere tutta una vita davanti e che la dimensione del tempo era la dimensione della tua assenza. Mi ferisce lo spazio che non riempiamo insieme. Le ore diventano lente, feroci, quando mi rendo conto che non ci sei. Voglio occuparmi di te per sentirmi occupato, colonizzato, vittima di una dipendenza che nessuno comprende, e meno male, vuol dire che nessuno la sente come la sento io. Qualcuno vorrebbe legiferare sull'amore, determinare il suo grado di equilibrio, la sua prospettiva futura. A me interessa capire come dobbiamo fare per rimanere illesi, senza sapere minimamente da dove veniamo, né dove stiamo andando, consapevoli soltanto che saremo insieme. L'amore, alla fine, è un luogo che non sappiamo come raggiungere, un cammino che non sappiamo dove conduca ma che percorriamo insieme. La meta è sicura quando la compagnia è sicura. Siamo i luoghi che sentiamo, non quelli che visitiamo.

– Muoio dalla voglia di dirti che ti amo da morire.

Gli disse lei, con quel sorriso birichino di chi sente prima di pensare, dopo l'ultima seduta di chemioterapia.

AMORE: s.m. Punto esatto da cui si irradia il dolore. Punto esatto da cui si irradia la cura per il dolore.

Nessun veleno uccide da solo.

A me, ad esempio, uccide non averti. Mi uccide svegliarmi tutti i giorni senza di te al mio fianco. Mi uccide avere la certezza che se tu non mi mancassi nulla mi mancherebbe. Mi uccidono molte cose, ma tu no. Eppure solo tu puoi farlo davvero. Il resto – il corpo immobile, il respiro che si ferma – è soltanto un organismo, non una vita.

Chi non ama è soltanto un organismo che si muove. Preferirei morire piuttosto che essere soltanto un organismo che si muove, sappilo.

Nessun veleno uccide da solo, non so se te l'ho già detto.

Ti desidero fin da quando è iniziata la vita, forse così capisci meglio cosa intendo. Ti desidero da quando ho compreso che mi comprendevi, da quando ho compreso che mi vedevi. In questo mondo ci sono tante persone che ci guardano ma solo una riesce veramente a vederci.

Sono così felice tra le tue braccia, anche se tra le tue braccia non ci sono mai stata. Che sia questo l'amore? Sapere che ci sentiamo felici tra le braccia di qualcuno anche se tra quelle braccia non ci siamo mai stati?

Nessun veleno uccide da solo, lo ripeto. C'è bisogno di qualcuno che lo riceva, che lo custodisca, che gli dia calore. Nessun veleno uccide da solo. Solo l'amore elimina il veleno. Il veleno dei giorni che passano, del tempo che passa, della speranza che passa.

Quando non si ama la vita, la speranza svanisce.

La mia rimane, perché ti tengo sempre con me. Sono una speranzosa cronica: ecco una bella dichiarazione d'amore. Fanne ciò che vuoi ma non smettere mai di desiderarmi.

Quando ne avremo la possibilità ci terremo per mano al risveglio, ci terremo per mano andando a dormire. Basta tenersi per mano perché tutto vada per il verso giusto. La tua mano nella mia e sono pronta a volare. Un giorno attraverseremo il mondo sotto le lenzuola, te lo prometto. I corpi esistono per viaggiare. Chi non ha mai amato non si è mai spostato. E ci sono tante persone che hanno bisogno di percorrere chilometri per potersi muovere, poverine.

Vengo dalla terra in cui ti amo. Vengo dalla terra in cui sono amata. Può darsi che sia povera, che sia piccolissima, che sia quasi inesistente. Ma è la terra che mi occupa. La nostra terra.

Quando mi sveglierò ti dirò tutto questo, te lo prometto. Per ora mi limito a guardarti dormire. A consumarti con lo sguardo. A capire che confidi in me completamente, senza un'ombra di angoscia.

L'amore è l'antidoto per la pace – la pace vera. Amiamo per sconfiggere la banalità, per sconfiggere la morte. Si ama per sempre oppure non si ha mai amato. Può anche non durare tutta la vita, ma l'importante è amare per sempre. Tra di noi succederà, te lo garantisco.

Tra pochissimo mi sveglierò e poi sveglierò te. Vedrò il tuo sorriso quando ti accorgerai che mi sono svegliata. Mi basta questo pensiero per volermi svegliare. Grazie.

Cosa si deve fare quando un figlio soffre tra le nostre braccia?

La mia bambina (già così grande: il mistero della crescita di un figlio è insondabile) prostrata, vinta, lì, immobile. Il suo dolore e il suo sguardo nel mio. Un grido sordo squarcia l'aria. E io qui, incapace di fare alcunché.

Amare vuol dire sapere che ci saranno momenti di assoluta impotenza, momenti nei quali tutto quello che puoi fare non servirà a nulla. Amare è potere tutto e sapere che verranno momenti in cui non potrai niente.

Una madre esiste per amare, e io sono stata la madre che potevo. A volte, lo so, ho esagerato. Ho esagerato quando ti ho chiesto di essere perfetta, ma i genitori sono fatti così: vogliono i figli perfetti per nascondere le imperfezioni che sanno di avere, che non possono fare a meno di avere. Ho esagerato quando ti ho detto che avevi sbagliato e ti ho castigato, anche se so benissimo (e come potrei non saperlo, visto che ho vissuto le stesse cose, ho commesso gli stessi errori?) che si sbaglia solo quando si tenta, che si ferisce e si viene feriti solo quando si desidera la vita così com'è, così come potrebbe essere.

L'amore è la vita con le sue possibilità, che nessuno lo dimentichi mai. L'amore è la vita con le sue possibilità.

Ti ho detto di aver esagerato. Te lo dico di nuovo: sto esagerando, proprio adesso che ti abbraccio con gli occhi chiusi e ti imploro, all'orecchio, di lottare. Lotta, per favore. Lotta per restare. Lotta per resistere. Lotta perché io possa restare, perché io possa resistere.

Spesso l'amore ci fa partire ma è sempre l'unico motivo che ci permette di restare, che ci permette di resistere. Chi non sopporta il dolore non ha mai amato, qualsiasi madre lo sa.

Nasce una madre quando nascono dei figli. E una volta madre, è per sempre madre.

Un giorno mi hai chiesto che ti lasciassi l'opportunità di conoscere il mondo. Ho passato due mesi a seguire i viaggi che i tuoi sogni ti dettavano. Ho detto che non ti avrei lasciato partire mai più.

Amare è dire di no e lasciare andare: un annullamento della logica delle parole. Chi non ha mai detto di no e ha sempre permesso il sì non ha mai amato, qualsiasi madre lo sa.

E te ne sei andata. Il mondo intero e tu, non ho mai trattenuto il fiato così a lungo ma avevo la certezza che non avevi mai respirato così liberamente.

Amare vuol dire sapere che spesso dobbiamo trattenere il fiato per permettere a chi amiamo di respirare a fondo, di respirare come preferisce. Chi non ha mai trattenuto il fiato non ha mai amato, qualsiasi madre lo sa.

Quando sei tornata eri la mia figlia di sempre. Quando si ama, si amano le persone di sempre, nonostante il mondo che cambia in loro. Amare è la certezza di una famiglia, la certezza di un luogo conosciuto, il conforto di uno spazio per lasciarsi le paure alle spalle.

Ho paura per te nonostante, grazie a te, io non abbia paura di niente, qualsiasi madre lo potrà confermare. Qualsiasi persona che ami (ma c'è forse qualche possibilità di essere una persona e non amare?) lo potrà confermare. Dillo insieme a me, vuoi?

Prometti di sbagliare. Prometti di cadere. Prometti di non essere mai lo stesso, esattamente lo stesso, ogni volta che la vita ti passerà davanti. Prometti di rischiare, di sentire. Prometti di muoverti, tutti i giorni, come un pazzo, inseguendo ciò che desideri, inseguendo ciò che ti fa danzare, saltare, ridere, oppure piangere e penare. Nella vita l'importante è restare vivi. Lo sanno tutti, anche tu. Allora perché diavolo stai ancora qui a leggere queste righe? Vai, datti una mossa.

Vivi la vita come deve essere vissuta, insegui i passi che devi percorrere. Non bloccarti per un no che non vuoi sentire. Non sottometterti all'impotenza. Tutti sanno che l'impotenza è la scusa preferita di chi è pigro. Vai alla ricerca di ciò che vuoi trovare. Ma cercalo davvero, non per finta come quasi tutti quelli che ti stanno attorno. Cercalo davvero, vai in profondità, anche se farà male, anche se suderai, anche se soffrirai. Vai alla ricerca di ciò che vuoi trovare. Per farlo dovrai esplorare una terra sconosciuta, terra intatta, una terra che ti farà rabbrividire, l'ansia nelle vene, ogni secondo come se una mina stesse per esplodere all'improvviso. Essere vivi è sentire che ogni momento è decisivo, che ogni istante è imprevedibile. Non lo sapevi?

Solo i poveracci che non amano non vanno all'avventura, si crogiolano in quel più o meno malsano, in quella routine senza sapore, in quel vado-non-vado che non porta da nessuna parte. Solo chi non ama non prova. E nella vita sono poche le cose che hanno più importanza. Vivi per provare. Per la prima volta, con paura ma con audacia. Prova. Si ama solo dopo aver provato. E per fortuna c'è tanto da provare.

Tanto, tanto. La vita è una degustazione, un'infinita gamma di sapori. Sai già qual è il tuo preferito?

Vive veramente solo chi merita di essere vivo. Solo chi non cede al politicamente corretto, solo chi non si accontenta della sufficienza. La sufficienza non mi è sufficiente: ecco un eccellente manifesto rivoluzionario. Ribellati al ragionevole, ribellati a ciò che non ti permette di esistere. Perché l'amore è quella cosa che ci scuote dal nostro stato di morte apparente, dalla nostra sensazione di stabilità putrescente. Ma che si fotta la stabilità, che si fotta tutto ciò che ci lascia indifferenti.

Questo per dirti che ho bisogno del tuo coraggio per rafforzare il mio. Prometti che al tuo ritorno lo porterai con te.

Sei di mattina, la sveglia che suona e tu che russi al mio fianco, raccogliere i panni stesi, piegarli in fretta, metterli nella bacinella, attaccare il ferro da stiro, correre un attimo in bagno, ritornare in salotto, stirare la tua camicia, oggi quella verde, ti sta molto bene con i pantaloni scuri che ti ho regalato a Natale, chiamare i ragazzi.

Su, è ora di alzarsi.

La cucina da riordinare da ieri sera, preparare la colazione per tutti, la mia è pane e burro mentre vado al lavoro, la tua sveglia è suonata ma l'hai spenta e hai ripreso a dormire, fai bene, hai bisogno di riposare, neanche i ragazzi si sono alzati, sono già le sette e mezzo e non ho molto tempo.

Ancora un minuto, per favore, ancora un minuto.

Ma non è possibile, devo farli alzare con la forza, vestirmi di corsa, ho un sacco di lavoro da sbrigare in ufficio, nel frattempo ti alzi anche tu, come al solito sei di malumore, ma io ti amo anche così.

Buongiorno, dormito bene?

Come al solito nessuna risposta, fa parte di te e di noi, non voglio cambiare ciò che in un certo modo ci rappresenta, i ragazzi fanno colazione in fretta e furia, l'autobus sta per passare, quando saremo ricchi potrò accompagnarli a scuola, baciarli quando voglio, a volte mi sveglio nel cuore della notte per dar loro i baci che non ho avuto il tempo di dare durante il giorno.

A dopo, fate i bravi, mi raccomando.

Ma in verità vorrei chiedere perdono per non essere come loro vorrebbero, come io vorrei, giuro che un giorno riuscirò a fare tutto quello che voglio. Adesso ti devo proprio salutare.

Ti amo, ti amo, ti amo.

Oggi te l'ho detto tre volte, ci sono mattine in cui te lo dico di più, dipende da quanto mi sento in colpa, dal mio grado di frustrazione, dallo spazio che ho bisogno di occupare dentro ciò che sento.

I vestiti stirati sono sul tavolo in salotto, non dimenticarlo.

Il tuo saluto silenzioso mi basta, è il saluto più appassionato del mondo, ne ho la certezza, là fuori la strada è piena, le persone indaffarate e di fretta, era prevista pioggia e me ne ricordo solo ora, mentre scendo a prendere la metro, non ho portato l'ombrello ma magari con un po' di fortuna riesco a evitarla.

Cazzo.

Niente, piove a dirotto e devo correre, sono cinquecento metri dall'uscita della metro fino alla porta dell'ufficio.

Cazzo.

Arrivo con i vestiti fradici, cerco di abbozzare un sorriso perché sorridere fa bene, ma l'ufficio è vuoto e non c'è ancora nessuno a cui sorridere, dopo due minuti arriva Faria delle risorse umane con la sua solita espressione cupa.

Buongiorno.

E lui, chiaramente, non risponde perché neanche mi sente, e poi finalmente il mio telefono squilla e vedo il tuo numero.

Ti amo.

Lo dici semplicemente e io so, altrettanto semplicemente, che sei la donna più bella del mondo, e che se io non sono il marito e la persona più felice sulla faccia della terra poco ci manca, nessuno può metterlo in dubbio.

ANSIA: s.f. Attestato di vitalità. Se non sei mai stato ansioso, non hai mai vissuto.

Il problema del mondo sono le troppe aspettative. Crediamo di poter ottenere ciò che non siamo in grado di ottenere. E poi soffriamo. Soffriamo come se il mondo, il mondo intero, finisse, senza possibilità di riscatto. Condanniamo a morte il re. Il giudice ha emanato la sentenza: così è deciso.

Che sia condannato a morte ciò che non ci salva: così dovrebbe iniziare un vangelo degno di questo nome.

Oggi siamo molti meno di ieri. E vogliamo di più, tanto di più. È questa l'ironia della vita: noi diventiamo sempre più piccoli e le nostre ambizioni sempre più grandi. Il corpo cede e noi, dentro, cresciamo, cresciamo continuamente.

Che l'Uomo non dipenda mai dal corpo: così dovrebbe iniziare un vangelo degno di questo nome.

Un giorno ho avuto un corpo di sei anni e la spiaggia era piccola. C'erano i gabbiani, le onde, i gelati, la pelle abbronzata senza volerlo, le racchette, la palla leggera spinta dal vento, lo sguardo rilassato di mio padre, l'attenzione feroce di mia madre, l'adolescenza viva di mia sorella, e tutta la mia vita davanti, solo questo, e mi bastava, tutta la vita da provare.

Che ci siano sempre sensazioni da provare: così dovrebbe iniziare un vangelo degno di questo nome.

Un giorno ho avuto un corpo di quattordici anni e la spiaggia era un nascondiglio speciale. C'era l'amica che era in vacanza da sola, gli amici che si dileguavano semplicemente perché erano amici, le rocce ci riparavano dagli adulti, i pomeriggi erano fatti di nuotate e di prime volte, il bacio che non sapevo dare, le mani che tremavano, le gambe che tremavano, tutta la vita che tremava, solo questo e bastava, ogni giorno tremava.

Che non manchino mai momenti che ci facciano tremare: così dovrebbe iniziare un vangelo degno di questo nome.

Un giorno ho avuto un corpo di trent'anni e la spiaggia era la conferma che ormai ero adulto. Sulla terrazza mi chiamavano «signore» e io sorridevo, i miei figli correvano e io li lasciavo fare, giocavo con loro, scherzavo con loro, compravamo i gelati insieme e facevo finta di essere di nuovo bambino. Ma non lo ero, ero un adulto che a volte perdeva la pazienza, un adulto con la testa piena di cose, con la testa piena di obblighi, e per questo non mi accorgevo che la spiaggia mi confermava che ormai ero un adulto, la spiaggia che non era più un luogo di possibilità infinite, e bastava questo, solo questo, perché anch'io non fossi più tutto ciò che avrei potuto essere.

Che io sia sempre ciò che sono stato capace di essere: così dovrebbe iniziare un vangelo degno di questo nome.

Un giorno ho avuto il corpo di un vecchio e la spiaggia era un'immensa solitudine. I miei nipoti giocano e saltano e io salto con loro ma il corpo non me lo permette, i miei figli sono adulti e hanno debiti da pagare e parlano dei debiti da pagare e gridano e si arrabbiano, nessuno vuole ascoltare le storie che ho già raccontato mille volte e che vorrei raccontare ancora. In lontananza il mare continua all'infinito e sembra prendersi gioco della mia finitezza, sì, sono finito, e un giorno dirò a quelli che amo che li amo, e che si amino tra di loro, e basta questo, soltanto questo.

Che bastino una spiaggia e l'amore: così dovrebbe iniziare un vangelo degno di questo nome.

Non avevo mai creduto all'importanza della bellezza prima che la tua bellezza apparisse. O meglio: non avevo mai creduto all'esistenza della bellezza prima che la tua bellezza esistesse.

Il potere più incredibile dell'amore è farci credere a ciò che prima non esisteva. E che, a ben vedere, continua a non esistere, a non essere: è questo l'importante in mezzo a tutta la nostra esistenza.

L'amore, in realtà, appartiene solo alla nostra esistenza e per questo, solo per questo, ci permette di esistere.

In modo che, da un momento all'altro, anche tu possa esistere. Ti trovavi nella parte posteriore di un autobus su cui ero salito per sbaglio, così come tante, troppe altre volte ero già salito su un autobus per sbaglio.

Il potere più incredibile dell'amore è farci entrare per sbaglio esattamente dove abbiamo sempre desiderato entrare.

Rimasi alcuni secondi a contemplarti (ti garantisco che sarei in grado di dipingere un tuo ritratto al millimetro, se fossi un pittore, o di disegnarlo fino al particolare più insignificante, se fossi un disegnatore o come si chiamano quelli che disegnano), pensai a tremila modi (e lo dico per difetto) per abbordarti e asciugai due o tre lacrime che, chissà come, mi sgorgarono sul viso.

Il potere più incredibile dell'amore è farci piangere lacrime che neanche noi sappiamo bene da dove arrivino, ma che ci attraversano come se fossero Dio (e Dio stesso potrebbe essere l'amore, ora che ci penso).

Inspiegabilmente trovai il coraggio di avvicinarmi a te nel preciso istante in cui tu trovasti il coraggio di avvicinarti a me – ma solo perché ero in piedi vicino alla porta e tu dovevi scendere lì, proprio lì, a quella fermata che non immaginavo quale fosse ma che era, ne ebbi la certezza assoluta, la fermata in cui volevo scendere da sempre.

Il potere più incredibile dell'amore è farci arrivare in luoghi completamente sconosciuti ma che sono la nostra casa da sempre.

Ti seguii per alcuni metri (forse cento, o duecento) finché non ti fermasti di fronte a un uomo pieno di stile, pieno di bellezza, pieno di tutto ciò che io non ho mai avuto, né avrò mai. Capii subito che desideravi lui più di me quando lo baciasti con tenerezza e forse anche con qualcos'altro, e a me mancò il coraggio, mi voltai e mi allontanai.

Il potere più incredibile dell'amore è trasformare i nostri sentimenti in armi di innamoramento di massa.

Mi trovavo già a più di trecento metri da te, di nuovo a una fermata deserta degli autobus, quando udii (non mi chiedere come ci sono riuscito da così lontano e con così tanta gente per strada) la tua voce dire all'uomo: «Mi sei mancato, papà». Ci ho messo meno di cinque secondi per ritrovarmi a un metro (e questa volta lo dico per eccesso) da te.

Il potere più incredibile dell'amore è il fatto di essere incredibile.

(lettera a me stesso tra dieci anni)

Se stai leggendo queste parole: auguri, sei riuscito a superare un altro decennio di vita. E se questo non è un motivo più che sufficiente per festeggiare, allora tanto vale rinunciare fin da ora.

Prendi nota prima che me ne dimentichi: poche cose nella vita sono più importanti dei festeggiamenti, tranne l'amore che, a ben vedere, è esattamente la stessa cosa.

Adesso che, come spero, avrai già festeggiato, è arrivato il momento di parlarti di quello che forse ti sei perso in tutto questo tempo. In realtà il tempo può cancellare quello che pensavamo fosse possibile, soprattutto i sogni.

Prendi nota prima che me ne dimentichi: poche cose nella vita sono più importanti dei sogni, tranne l'amore che, a ben vedere, è esattamente la stessa cosa.

Attorno a te ci sarà sempre chi ha smesso di sognare. C'è sempre qualcuno, purtroppo, che ha smesso di sognare. Ci sono due decisioni urgenti che devi prendere: prima di tutto, non voler vivere i sogni di qualcun altro. Vivere i sogni degli altri non è altruismo, è stupidità. Mai nessuno stupido ha realizzato i suoi sogni, e non realizzare i propri sogni è da stupidi. Non conosco niente di più stupido di un sogno non realizzato, e tu? E poi, cosa non meno importante, non circondarti di realisti. I realisti sono creature tossiche, che si vantano di guardare soltanto la realtà e per questo vivono soltanto la realtà e sono le creature più infelici del mondo, perché ciò che conta davvero è quello che non esiste ma che puoi realizzare, perché credi che possa esistere. Solo chi guarda a qualcosa di diverso dalla realtà può modificarla, mai nessun realista ha cambiato il mondo, che se ne vadano al diavolo.

Prendi nota prima che me ne dimentichi: poche cose nella vita sono più importanti della fiducia nell'esistenza di ciò che non esiste, tranne l'amore che, a ben vedere, è esattamente la stessa cosa.

So che in questi dieci anni hai sofferto molto. So che avrai sicuramente perso molte cose: obiettivi, battaglie, giochi, scommesse, momenti che pensavi felici, e soprattutto persone, e soprattutto speranza. Perdere delle persone vuol dire perdere una parte di noi, lo so. Ma so anche che nessuna perdita può impedirti di essere vivo. Tu non lo sai perché sei convalescente e il tempo, quando non ci rendiamo conto del suo scorrere, ci lascia convalescenti, e il dolore ci impedisce di fare molte cose, perfino di vedere. Essere vivo con tutto ciò che sei, nonostante possa costare caro, nonostante possa ferire, nonostante sembri impossibile essere vivo. Essere vivo, essere vivo senza mai fermarsi. Perché nessun dolore si senta a proprio agio, perché nessuna voglia di mollare trovi rifugio in te. Essere vivo. Anche perché essere vivi è il primo passo per poter volare. Provaci.

Prendi nota prima che me ne dimentichi: poche cose nella vita sono più importanti di volare, tranne l'amore che, a ben vedere, è esattamente la stessa cosa.

A proposito, quante volte hai già volato oggi?

– Non metterò mai più piede qui dentro.
– Perché, figlia mia?
– Perché le persone, qui, mi danno tanti baci.

Luisa è fatta così: una mezza dozzina d'anni di personalità e un bel caratterino. Le persone come lei sono interessate solo a ciò che conta davvero, senza mezze misure. La vita accade quasi sempre quando rifiutiamo le mezze misure. La vita accade quando lo vogliamo. E Luisa, mezza dozzina d'anni, non lascia che la vita succeda per caso; esige che la vita accada.

– Vuoi ancora biscotti?
– Non ho ancora finito quelli che mi hai dato prima.
– E domani torni?
– No. Tornerò quando finiranno i biscotti.

Luisa è fatta così: una mezza dozzina d'anni di disillusione ed efficienza. Le persone come lei accettano altri biscotti solo quando finiscono quelli che hanno. Può sembrare freddezza, disprezzo, disumanità, ma non è così: è felicità. Siamo davvero felici se capiamo che ci servono altri biscotti solo quando finiamo quelli che abbiamo. E Luisa, mezza dozzina d'anni, non lascia che la felicità succeda per caso; esige che la felicità accada.

– Se smetti di usare il ciuccio ti regalo una cosa.
– Che cosa?

– Scegli tu.
– Va bene, ci penso.

Luisa è fatta così: mezza dozzina d'anni di eccessi e di compromessi. Le persone come lei fanno qualcosa solo se hanno qualcos'altro in cambio. L'errore che commettono in molti è fare solo per fare, agire per agire, tentare per tentare, volere per volere. O peggio ancora: desiderare solo per desiderare, o perché qualcun altro desidera. Che stupidi. Prima di agire è necessario ragionare con pazienza, senza fretta, senza paure. Senza atteggiamenti infantili, direbbe Luisa, con la sua maturità pratica, la sua maturità sognatrice. Prendiamo le migliori decisioni seguendo una maturità sognatrice, una maturità che non rinuncia mai a volare. Può sembrare impossibile, impraticabile, un'illusione, ma non è così: è una magia. La magia accade quando capiamo che la magia, anche se non esiste, è la cosa più importante della vita. E Luisa, mezza dozzina d'anni, non lascia che la magia succeda per caso; esige che la magia accada.

– Vuoi il croissant al cioccolato?
– No.
– Vuoi venire al parco con me?
– No.
– Vuoi guardare i cartoni animati?
– No.

Luisa è fatta così: mezza dozzina d'anni di lezioni e simpatia. Le persone come lei considerano le parole tutte uguali, nonostante siano più o meno apprezzate, più o meno sopportabili o insopportabili. La simpatia è verità. Se non le piace quello che le propongono, lei rifiuta. Non riesce nemmeno a immaginare perché dovrebbe accettare o far finta di accettare quello che non le interessa. Se non le piace, dice che non le piace. Gli adulti fanno fatica a imparare questa lezione perché sono affetti da una malattia che li rende capaci di tutto, tranne che di essere bambini. E Luisa, mezza dozzina d'anni, non lascia che i suoi desideri succedano per caso; esige che i suoi desideri accadano.

– Chi vuoi essere da grande?
– Me stessa.

Luisa è fatta così. Da grande voglio essere anch'io come lei.

ANTIDOTO: s.m. Unico rimedio a ciò che ci colpisce; sinonimo di amore.

Un giorno una donna inventò una nuova arte marziale, chiamata *life combat*, che consisteva semplicemente nell'apprendere tecniche di difesa personale contro la vita.

Diceva: passiamo la vita a difenderci da ciò che non ci ferisce. O meglio: passiamo la vita a difenderci dalle conseguenze e mai dalle cause. La vita è la causa di tutte le cose, comprese quelle cattive.

In poco tempo il *life combat*, da arte marziale di nicchia, per poche persone, si trasformò in un fenomeno di massa, soprattutto dopo che la donna, durante la sua prima apparizione televisiva, aveva dimostrato di potersi veramente difendere da tutto – perfino dalle domande idiote del presentatore che voleva umiliarla in diretta e alla fine fu persuaso da lei in diretta, si emozionò in diretta, si convertì in diretta.

Diceva: la base teorica del *life combat* è la pratica. La base teorica della resistenza alla vita, della difesa contro le difficoltà della vita, è la pratica. Mettere in pratica tutto il necessario contro il dolore che la vita ci può causare, potenzialmente ma soprattutto realmente. La vita, in realtà, dipende da noi, dalle decisioni che prendiamo di fronte a lei. La vita è codarda. Per questo è la cosa più forte del mondo.

All'apice del successo, la donna girava il mondo insegnando la sua arte. Fu ricevuta con tutti gli onori dai capi di stato in molti paesi del globo, finì sulle copertine dei principali giornali delle nazioni più potenti della terra, conobbe personalmente molte migliaia o milioni di persone. Finché non accadde l'impensabile.

Diceva: il colpo più importante del *life combat*, il colpo mortale, per il quale fino a oggi non è stata ancora trovata una difesa efficace, è quello che io chiamo «abbraccio». Si tratta di un colpo molto semplice, che consiste nel circondare con le due braccia unite il nostro avversario, che a questo punto smette di essere un avversario e diventa un amico. Poi dobbiamo solo stringere quanto basta per sentirlo vicino ma senza fargli male. L'abbraccio, come tutti i colpi del *life combat*, non vuole ferire, bensì liberare da ciò che ferisce. Per quanto dolore la vita ci possa causare, è scientificamente provato che nessuno può resistere a un abbraccio. Nemmeno la morte resiste a un abbraccio. Già molte volte si sono evitate delle morti grazie a un abbraccio. Ieri, in un ospedale, ho salvato diverse vite grazie a questo colpo miracoloso che ho inventato in un giorno di rara ispirazione. Persone moribonde, apatiche, tristi, all'improvviso hanno cominciato a sorridere e alcune di loro mi hanno telefonato per avvisarmi che si sono rimesse in piedi e sono pronte ad affrontare, e a vincere, la vita.

La bomba esplose durante un dibattito radiofonico. Un uomo accusava la donna, l'inventrice del *life combat*, di aver plagiato una sua idea. Un'idea che, sosteneva l'individuo, consisteva nell'incredibile capacità di trasformare in tenerezza quello che ci poteva ferire, una specie di antidolorifico. Si trovava in una fase sperimentale, nella versione beta, ancora senza una denominazione ufficiale. Lo chiamava, per il momento, «amore».

«Il mondo è dei deboli. La storia è dalla loro parte», racconta Heitor, sessantadue anni, sigaretta in bocca e sorriso sulle labbra, seduto dentro la sua scatola di cartone. «Chi comanda questa porcheria non vale niente. Da quando l'ho capito ho rinunciato a un lavoro, alla vita. Quando capiamo che chi comanda non ha nessun valore, dobbiamo essere senza valore anche noi, per poter andare avanti. In pochi sono disposti ad ammetterlo», aggiunge, un'altra boccata di fumo, lo sguardo che da quel groviglio di rughe sporche si perde all'orizzonte, la barba quasi completamente bianca, decenni di strada sulla pelle. Lì a fianco, nel centro della città, si sentono i clacson, l'ora di punta, le persone che corrono seguendo gli orari. «Sono un uomo realizzato per quello che sono riuscito a fare della mia vita. Non ho motivi per lamentarmi, non ne ho mai avuti. Non mi manca nulla. Quando ero piccolo volevo essere libero, solo questo. Credo di esserci riuscito, non le sembra?» domanda. In fondo ai suoi occhi si vede che il mondo lo ferisce, ma che nonostante tutto resiste. «Quello che mi costa di più, in mezzo a tutto questo, è sapere che la mia famiglia soffre per ciò che sono. Ma la mia famiglia non sa niente, così come nessuno sa niente. Passo le giornate a vedere le giornate che passano. È per questo che siamo nati, nonostante la propaganda di quelli che comandano dica che non è così. Siamo nati per vivere, giusto? È così semplice che nessuno lo capisce. Una volta, da bambino, volevo nascondere il mio giocattolo preferito e lo misi in mezzo al salotto, in modo che tutti potessero vederlo, ma non lo vide nessuno, soltanto Diogo, il mio migliore amico. Gli adulti sono accecati dalle difficoltà.

Non credono alle cose facili, dicono che la vita è complicata. Ma, puoi giurarci, non c'è nulla di complicato. Essere vivo per poter vivere: è questo che faccio. Mi fa pena chi ha pena di me. Chi non mi capisce non capisce niente.» La sigaretta è finita ma il sorriso rimane, forse una lacrima gli scende da uno degli occhi ma potrebbe anche essere sudore, il sole alto lascia intravedere tutte le imperfezioni. «Sono stato un uomo rispettabile ma adesso sono un uomo felice. Ho visto tanto, ho sperimentato tanto. Siamo qui per sperimentare, giusto? Ho perso poco e ho poco da perdere. Quando hai perso tutto e non hai più niente, allora è tutto di guadagnato. Alla fine il segreto è nella matematica, chi l'avrebbe mai detto? Ho sempre adorato la matematica, le formule e il resto. Anche mio fratello era molto bravo. Adesso è medico, mi aiuta quando sto poco bene, niente di grave finora, la mancanza di stress vuol dire mancanza di dolore, credimi. Mia moglie è un avvocato, passa le giornate a occuparsi di giustizia, che ingiusto. Quando li vedo mi viene voglia di piangere. Provo vergogna. Per loro, è chiaro, non per me. Non sanno cosa vuol dire vivere. Mezza giornata lavorano e l'altra mezza dormono. In mezzo riescono ad avere, ogni tanto, qualche oretta di vita. Sono più vecchi di me, ma hanno vissuto meno di un terzo di quello che ho vissuto io. Chiamano lusso una casa con piscina o un mucchio di lamiera con le ruote. Viaggiano una o due volte all'anno in posti di lusso prefabbricato, felicità in scatola. Che povertà. Quando si volteranno indietro si accorgeranno di tutto quello che non potranno più ottenere. Non tutti possono permettersi il mio stile di vita. Ci vuole coraggio e soprattutto buon gusto. Non tutti ce l'hanno, te lo garantisco. La vita, ricordatelo, è trovare quello che stiamo cercando. A un certo punto ci accorgiamo di non avere trovato nulla e di non avere più il tempo, o la forza, per cercare. Ci sono due tipi di persone: quelle che vincono la vita e quelle che la perdono. Adesso cerca di capire da quale parte stai», mi dice in segno di sfida. E io sto ancora cercando di capire.

(diario di un umano)

Giovedì.

L'odio è l'incapacità di amare, un deficit emotivo. Nessun innamorato odia. Solo gli infelici desiderano il male, e alla fine questa è l'unica forma di desiderio corrisposto di cui sono capaci. Quando sarò grande voglio essere innamorato, nient'altro.

Venerdì.

Forse sarò un debole, ma ho bisogno degli altri. Ho bisogno delle persone che amo. I non amati la chiamano dipendenza, io la chiamo felicità. Sono esattamente la stessa cosa ma preferisco la mia denominazione. Le parole sono disprezzate e valgono tutto. Un giorno, solo per divertirmi un po', ho provato a chiamare «amore» quello che sentivo per te e alla fine ho cominciato ad amarti. Non ho mai più ripetuto questo scherzo.

Sabato.

La fatica stanca ma allo stesso tempo dà forza. Più della fatica ferisce l'impossibilità, la libertà assoluta. Nessuno è libero senza un limite. Si corre per sfuggire da un'asfissia, ma cosa ne sarebbe di noi senza un'asfissia che ci faccia correre? Si dà troppa importanza al prodotto finale e troppo poca al processo. L'allegria sta nel mezzo, mai alla fine. Chi non ha mai vissuto scagli la prima pietra.

Domenica.

In ognuno di noi c'è un mostro che si rivela, per fortuna, soltanto in momenti di assoluta incoerenza. Nessuno è immune dalla malvagità, dal demone che, a volte, ci scorre nelle vene. La differenza sta nell'uso che ne facciamo. C'è chi compie brutte azioni con malvagità. Io preferisco fare l'amore, come a voler dire maliziosamente al mondo che sono qui per questo. La malvagità resiste a tutto tranne che all'amore. Che crudeltà.

Lunedì.

Si scrive per non implodere in una specie di non-morte temporanea. Quando non scrivo il mondo diventa tossico. Pure quando scrivo, ma riesco a sopportarlo. Nessun poeta vive senza amore, anche se tanti poeti scrivono per mancanza d'amore. Perfino l'assenza d'amore fa percepire la sua presenza, il suo fantasma, il suo arrivo dietro l'angolo. Possono esistere poemi privi di parole, ma non privi d'amore.

Martedì.

Nei giorni di caldo ci sono istanti nei quali il corpo si deprime, anche se dilatato. Sulle spiagge si celebra la vita possibile, i bambini costruiscono castelli di sabbia che un'onda distruggerà. Allora i bambini sorridono o piangono, e senza esitazione cominciano a costruire un nuovo castello, con nuove mura, inconsapevoli che la vita è costruire un castello più resistente per ogni castello distrutto da un'onda. Gli adulti si limitano a starsene tranquilli, a osservare il tempo che passa. E poi si lamentano che il tempo è passato.

Mercoledì.

Il riso ci avvicina al dolore in maniera pericolosa. C'è una punta di ironia in ogni risata, come se alla fine ci trovassimo nell'anticamera della sofferenza. Ed è così, evidentemente.

Niente dura per sempre, soprattutto una risata. L'importante è ridere ben lontani dalla coscienza, ridere per il contrario della realtà. Si ride per sopportare l'insopportabile. Ehehehehe.

«La sconfitta è un coltello conficcato nella sopravvivenza, l'adattamento esige intelligenza ma soprattutto umanità, capire che, se anche perdiamo tutto, c'è ancora tutto da guadagnare.»

A quelle parole, pronunciate dall'imputato di fronte al giudice, seguì un silenzio strano, e tutte le novità esigono almeno alcuni secondi di un silenzio strano, prima che diventi un silenzio naturale, una normalità forzata.

«L'imputato desidera rivendicare di aver fatto quello che ha fatto perché soffre di un eccesso di umanità, è così?»

Il giudice, con un sorriso astuto sulle labbra, volle giocare la carta dei poveracci: l'umiliazione. Ma solo i poveri di spirito soccombono agli stratagemmi di bassa lega.

«Non sono qui per giustificarmi, sono qui per amare. Suggerisco a vostro onore di fare lo stesso. Vedrà che ne vale la pena.»

Ai presenti, non più di cinque o sei persone, venne da ridere ma si trattennero. I più poveri si devono trattenere dal fare ciò che li renderebbe felici.

«Mi piace la sua filosofia spicciola. La trovo divertente, glielo confesso. Ma la legge non lo è. Ed è mio dovere informarla che sarà lei a decidere.»

Anche se le parole dicevano il contrario, il giudice continuò a tenere un sorriso di scherno sulle labbra. Forse adesso gli sarebbe passato.

«So bene che la legge è stupida, oltre che cieca. Un fuorilegge è un dentro-la-vita, qualcuno che ha la capacità di guardare di lato. Qualsiasi asino sa che il segreto per andare avanti con regolarità è guardare di lato, capire dove siamo, perché siamo, chi siamo, e solo in un secondo momento continuare dritti, lungo la retta via. Di solito la retta via, qualsiasi asino lo sa, è la scelta sbagliata.»

Nessuna reazione all'interno dell'aula, solamente tre o quattro persone scuotevano la testa in segno di rimprovero, ancora non sapevano bene per quale motivo, forse per paura di quello che poteva succedere. Irritare un giudice non è, in generale, un'idea giudiziosa.

«Ammiro la sua posizione temeraria. Il mondo ha bisogno di persone così. Ma anche la prigione fa parte del mondo, non è vero?»

Fu un colpo basso, addirittura rasoterra. Chiunque, al posto dell'imputato sarebbe finito al tappeto. Ma questo imputato non era uno qualunque.

«La prigione non è un luogo, vostro onore. È un sentire. Non si sta in prigione, ci si sente in prigione. Come si sente la tristezza, come si sente l'allegria. Ci si sente in prigione. Io non sento la geografia. Solo chi non si sente libero è incarcerato. E questo ha poco o niente a che fare con il luogo in cui ci troviamo. Se venissi dichiarato colpevole non smetterei di essere l'uomo libero che sono sempre stato. Continuerei a pensare, a sentire, con tutto me stesso. Ciò che ci circonda è solo un contesto. Alcuni dei poemi più belli della storia dell'umanità furono scritti in contesti terribili: guerre, prigionie, lacrime. La poesia non occupa spazio, lo costruisce. A proposito, vada avanti con la sentenza, che è da molto tempo che non leggo un poema.»

Questa volta il pubblico non si trattenne, si udì un applauso timido, poi due, alla fine tre, rapidamente zittiti dal martello che batteva con violenza.

«L'udienza è tolta. Tra pochi minuti delibererò. Siete pregati di lasciare l'aula.»

Alla fine la sentenza fu crudele: innocente, e per questo colpevole.

«Arrestate il criminale», ordinò il giudice, pochi secondi prima di essere bloccato dalle guardie che stavano eseguendo il suo ordine.

ANZIANITÀ: s.f. Quella cosa che ci insegna quasi tutto sul dolore, tranne che a sopportarlo.

«Trovare un amore non richiede alcun tipo di ricerca ma solo una distrazione attiva, per così dire: essere distanti in modo che la vicinanza non imponga delle spiegazioni. Se siamo troppo lucidi non possiamo perdere la testa per qualcosa.»

Era un approccio inusuale, quello, durante la mattinata di un lunedì, per una lezione che sarebbe stata una lezione qualunque se, di lì a breve, non si fosse verificata la strana coincidenza di un incontro tra due persone che non si erano mai incontrate prima – e una delle cose più belle della vita sono i momenti in cui incontriamo qualcuno che non abbiamo mai incontrato prima, vero?

«Il divino pretende la fede, nient'altro. Esiste l'inspiegabile oppure il vuoto. Vivere è alimentare il mistero, non sprecare le parole. L'amore è stare in mezzo alla pienezza, solo così ci sentiremo pieni. L'amore è la pace viva, la serenità libera. L'amore è ciò che ci permette di vedere, anche se serve soprattutto a renderci ciechi di fronte alle mancanze. Se siamo immersi nell'amore vediamo attraverso il cuore, mai attraverso gli occhi. Non esiste, nella storia completa dell'umanità, un solo caso di un innamorato che sia anche ragionevole. Amare è incredibile, solo un miscredente non lo crede.»

Nell'ultima fila è seduto un ragazzo di cui non diremo il nome. I nomi sono agglomerati di lettere indecifrabili. Ogni persona dovrebbe essere chiamata per quello che sente, nient'altro. Tutti i giorni, passo dopo passo, dovremmo cambiare i nostri nomi, in modo che gli altri sappiano ciò che per noi è importante, non soltanto una cosa superflua come un'etichetta casuale. Oggi, ad esempio, questo ragazzo si dovrebbe chiamare «sfiducia», e già che ci siamo facciamo che questo ragazzo si chiami veramente sfiducia, anzi: Sfiducia. E insomma il giovane Sfiducia è seduto nell'ultima fila e, invece di ascoltare parole che non sente nemmeno, digita con veemenza sul suo telefonino, il giorno dopo una serata in cui aveva tentato, senza successo, di sedurre una ragazza durante una festa qualunque. Quante serate abbiamo trascorso tentando di sedurre una ragazza qualunque per poi perderci in una solitudine qualunque, in attesa di una salvezza qualunque. La vita, se ci pensiamo bene, è solo perdersi in una solitudine qualunque in attesa di una salvezza qualunque.

«Ciò che ci salva è la sorpresa, quel momento improbabile in cui qualcosa ci richiama dalla nostra distrazione attiva e ci indirizza, senza spiegazioni, verso uno spazio libero dentro di noi. L'amore è la scoperta di uno spazio libero dentro di noi. E, cosa ancora più improbabile, uno spazio libero dentro di noi che ci riempie completamente: un falso spazio, per così dire. L'amore ci impedisce la fuga perché ci occupa con un processo di colonizzazione forzata che è sempre involontario, per quanto possiamo desiderarlo più di qualsiasi altra cosa. Amare è desiderare involontariamente, direbbe un poeta, e per questo lo dico anch'io.»

Sfiducia non sentì le ultime parole, non per colpa del telefono o della ragazza. Sfiducia non sentì il telefono perché una delle cose che l'amore produce, quando ci attacca, è la sordità: assoluta e impenetrabile sordità, che Dio ci ascolti.

«Ti desidero involontariamente.»

Si udì provenire dal fondo dell'aula. Tutti risero tranne la professoressa che volontariamente chiese a tutti di uscire e pretese che il nostro caro Sfiducia le spiegasse per filo e per segno, occhi negli occhi e subito, quello che aveva detto, senza sapere che gli aveva appena cambiato il nome per sempre.

Sono incapace di sentirmi soddisfatto. Sono ossessionato dall'eccesso. Da ciò che ci toglie la terra sotto i piedi e ci lascia sospesi, nel bene o nel male. Se qualcosa è ragionevole non mi serve, se è sopportabile mi uccide.

Vivere deve essere un eccesso, altrimenti è incompleto.

Il problema di essere ossessionati dagli eccessi è che ce ne sono sempre meno. C'è crisi di eccessi e abbondanza di cose noiose. Peggio: c'è una mania crescente di contrastare tutto quello che va oltre i limiti. Che tristezza.

Se qualcosa non va oltre i limiti è limitata, è tanto difficile da capire?

Oggi ho sentito che ci manca qualcosa e ho capito immediatamente che ci manca tutto. Perdona le mie pretese, ma non riesco ad amare qualcosa che non sia supremo, che non mi riempia, che non mi scuota. Nessuno merita di restare immerso in ciò che lo soddisfa, che lo soddisfa e basta. Il soddisfacente non mi soddisfa, non dovrebbe soddisfare nessuno.

Meglio un giorno di euforia che cent'anni di soddisfazione.

Farà male. Lo so che farà male. Costerà. Costa sempre rinunciare a ciò che ci soddisfa. Ci sentiamo persi, incapaci, privi di una sicurezza che ci vizia. Siamo tutti viziati quando siamo soddisfatti, quando vogliamo sempre la stessa cosa. Siamo tutti viziati da ciò che ci restituisce equilibrio. Ma l'equilibrio è un palliativo, l'ho capito molto tempo fa.

L'indimenticabile non è mai equilibrato.

Al diavolo l'equilibrio. Nella vita l'importante è qualcosa che lo rompa: una passione, un tocco, un cambiamento, una decisione, una sfida, un mistero, una fascinazione. Ciò che ci scuote dal torpore è ciò che rompe il nostro equilibrio, ciò che ci libera dalla moderazione. La moderazione non ha mai cambiato il mondo. Povero chi si è sempre contenuto. Disgraziato chi si accontenta.

La cosa più incredibile del mondo è che esisteranno sempre nuovi modi per potersi accontentare.

Io, con te, non mi sono accontentato. Sento che ci siamo spinti troppo oltre quando abbiamo insistito. È da tanto tempo che ci soddisfiamo e basta: una coppia che ha intesa, una coppia che condivide, una coppia che si comprende. E anche così siamo lontani mille miglia dall'essere quello che secondo me una coppia deve essere: fervore, sorpresa, magnetismo, seduzione, irrequietezza, agitazione.

Dammi pace ma non smettere mai di sconvolgermi.

Oggi ho capito che siamo già stati ciò che desideriamo tanto essere. Ma è rimasto là, nella memoria, e oggi fa parte del nostro equilibrio. Da molto tempo viviamo solo ciò che un giorno dimenticheremo. In momenti come questi dobbiamo dimenticare la testardaggine. Amarti è stato bello finché è durato, nonostante io ti ami ancora. Ma non amo, e non potrei mai amare, ciò che non mi fa scorrere il sangue più velocemente, pulsare le vene, tremare le gambe, cambiare il mondo.

Un amore serve a cambiare il mondo oppure non serve a niente.

Sono stato tuo. Assolutamente tuo. Interamente tuo. Indimenticabilmente tuo. Irripetibilmente tuo. Prepotentemente tuo. Nessuno potrà portarci via quello che abbiamo vissuto, che sia chiaro. Ma è tempo di cercare, di nuovo è tempo di cercare. Cercare di resuscitare, di nascere un'altra volta. Non perché non ti sopporto, ma proprio perché ci sopportiamo troppo. E se c'è un eccesso che non tollero è sopportare qualcosa per paura di non farcela.

Tollero tutto tranne ciò che è sopportabile. Meglio il quasi-caos al quasi-tedio.

Quando leggerai queste parole non pensare che non ti ami. Ti amo. Ed è per questo che non posso continuare a farlo.

«Il sogno è il passatempo dei poeti», lesse lei, la testa appoggiata alla spalla di lui mentre tutta la spiaggia sfilava nell'ironico paradiso di un caldo infernale. «Ci sono due tipi di persone: quelle che sognano e quelle che sono morte», continuò. Lui teneva gli occhi fissi sul giornale, incendi dappertutto, debiti dappertutto, omicidi dappertutto. «Si ama per evitare il dolore, e spesso il dolore si manifesta a causa dell'amore», questa volta è lui che legge a lei, un articolo di una rivista domenicale. «Le ferite sono sintomi della vita, spazi pieni, una persona senza ferite è un cadavere», non si capiva se lei lo avesse letto da qualche parte o se le fosse uscito spontaneamente di bocca. Quel che è certo è che lui, a queste parole, si alzò e dopo pochi secondi stava nuotando nel mare, e dopo pochi minuti stava entrando al pronto soccorso più vicino con la testa rotta. *MATTATOIO DI ORGOGLI*, scrisse lei, a mano, con un pennarello rosso e a lettere cubitali, all'entrata della stanza in cui lo avevano ricoverato, dopo aver visto che suo padre, con cui non parlava da più di vent'anni, era venuto a fargli visita.

Era una coppia con più di centodieci anni. Lei ne aveva sessanta, lui più di cinquanta. Quel giorno avrebbero accolto a casa il loro unico figlio, che non vedevano da più di due decadi e che era, adesso e forse per sempre, paralizzato dalla cintola in su. Lui arrivò, la sedia a rotelle impeccabile, ultimo modello, spinta dalla moglie fedele, una ragazza tanto giovane quanto affascinante. «Siamo venuti per amare», furono le uniche parole che riuscì ad articolare con difficoltà. «Intendeva dire che siamo venuti per provarci», aggiunse lei, e si diressero entrambi verso la stanza che era stata riservata a loro, vicino alla porta d'entrata, per non dover camminare troppo. «Mi guardano senza barriere», commentò lui durante la cena, dopo aver notato come i suoi genitori lo cercavano. «La salute è bugiarda: quando ce l'abbiamo crediamo di essere immortali», spiegò lei. «Solo la fragilità ci rende umani», concluse, appena prima di baciarlo con tenerezza.

«Era fredda come le parole di mio padre», disse lui a proposito dell'acqua, e lei lo sentì, mentre usciva dall'ennesimo bagno in mare, e sorrise. «Ognuno ama come può», commentò. «Nessuno ama un'altra persona senza passare attraverso di sé. Si ama un altro per quello che è, solo dopo aver accettato noi stessi per quello che siamo. È come un filtro d'impotenza, una mappa strappata. Se non siamo capaci di trovare in noi lo spazio che l'altro occupa, ci perdiamo senza possibilità di salvezza», scrisse su un foglietto che lui, probabilmente, avrebbe letto più tardi. «Siamo viziati dalle possibilità, per questo la vecchiaia e la malattia ci fanno soffrire, perché ci privano delle possibilità che prima, prima di essere vecchi o malati, consideravamo naturali. Tuo padre non è una cattiva persona, semplicemente per lui è l'unica strada percorribile. Volendo estremizzare, possiamo dire che essere una cattiva persona è l'unico modo che ha per sentirsi davvero una persona», finì di scrivere sul tovagliolo del croissant che lui, affettuosamente, le aveva avvicinato.

«Mi mancherà non sentire la loro mancanza», disse lui al funerale dei genitori. «Amiamo contro ciò di cui abbiamo bisogno, perfino uno spazio vuoto ci può occupare», avrebbe risposto lei, se non fosse che, avendo divorziato il giorno prima, non si trovava lì con lui.

AVVENTURA: s.f. Ciò che ti toglie il fiato e, proprio per questo, ti fa respirare.

Il Presidente disse: «In ogni casa verrà installato un misuratore d'intensità. Grazie a esso il governo potrà valutare in tempo reale tutto quello che, dal nostro punto di vista (aiutati anche dai pareri di alcuni specialisti della vita: bambini, pazzi e geni), è fondamentale per la prosperità del paese. L'intensità e la frequenza degli abbracci, l'intensità e la frequenza dei baci, l'intensità e la frequenza di qualsiasi forma di affetto. In questo modo, tutta la nazione potrà usufruire del suo bene più raro: l'amore. Che da queste mie parole venga fatto un decreto», sentenziò.

E così fu.

Il Bambino disse: «Tutto ciò che è obbligatorio è una seccatura. Per questo la vita diventa spesso insopportabile. L'unica maniera per restare vivi è non essere obbligati a vivere. L'altro giorno il mio papà mi ha obbligato a giocare e ho pensato che giocare non è affatto bello. La cosa più entusiasmante è inventare. E per poter inventare non ci devono essere obblighi. La paura spaventa l'immaginazione. Se penso che devo abbracciare per forza, abbracciare diventa un peso. E io adoro abbracciare come adoro giocare. Essere obbligati ad amare la mia mamma e il mio papà è una rottura. E io adoro amare, che si sappia», dichiarò.

E così fu.

Il Pazzo disse: «La vita serve innanzitutto a vivere quelle cose che non servono a niente. Un poema, un salto, una danza, un bacio con la lingua. Non servono a niente. Niente. Zero. Ma è proprio per questo che siamo qui. Detto questo, non ha alcun senso imporre qualcosa che non serve a niente. Imporre il piacere vuol dire uccidere il piacere, inibirlo. Nessun orgasmo si manifesta con un obbligo. Per dirla come i giovani, se il Bambino, qui al mio fianco, me lo permette: imporre l'esistenza dell'amore, controllare l'amore, è una pazzia. Che nessuno pretenda di legiferare e mettere le mani su ciò che ci sfugge di mano», decise il Pazzo.

E così fu.

Il Genio disse: «Una delle leggi fondamentali della fisica ci insegna che l'amore contiene le formule che controllano l'universo. Per dominare il mondo non è necessario controllare la scienza, basta controllare l'amore. Qualsiasi scienziato di mezza tacca lo sa. Un'altra delle leggi fondamentali della fisica dimostra che la gente resiste a tutto tranne a ciò che sente, ma questo ci porta nell'ambito dell'inspiegabile che, chiaramente, non è la mia specialità. Sono abituato ai ragionamenti e quindi sono una nullità per quanto riguarda le emozioni. Che si metta per iscritto che se cercate qualcuno che vi spieghi le ragioni di un abbraccio, allora avete scelto la persona sbagliata, e ho il sospetto che in questa disciplina non ci siano persone competenti», chiese.

E tutti quanti lo abbracciarono.

Il Presidente disse: «In ogni casa verrà installato un meccanismo che la nostra unità di crisi ha creato dopo un'attenta ed esaustiva ricerca. Un meccanismo talmente potente che sarà in grado di risolvere tutti i problemi, per quanto complicati possano essere. Un meccanismo talmente potente che farà in modo che le persone si capiscano, nonostante tutte le differenze. Un meccanismo, insomma, che rivoluzionerà il mondo e la vita così come li conosciamo. Su suggerimento del Bambino lo abbiamo chiamato famiglia. Che in ogni casa ce ne sia una», decretò.

E così fu.

(un vizio)

Sono ossessionato dai difetti. Da quel pezzettino di troppo che rimane attaccato a ciò che doveva essere. Il genio si trova in ciò che è e che non avrebbe dovuto essere. Il genio si trova nel difetto, mai nella perfezione. Tutte le idee che hanno cambiato il mondo ci sono riuscite perché era necessario cambiare il mondo. Volendo esagerare: il mondo va avanti solo perché non potrebbe restare fermo. Il difetto esiste per farci notare le cose che devono essere cambiate. Non esiste nulla nella storia che sia rimasto immutato. Il genio cambia, introduce un difetto nel sistema. Il genio corrompe sistematicamente il sistema. Volendo esagerare: il genio è ciò che fallisce meglio, ciò che trova la maniera migliore per fallire. Il fallimento più avanzato. Il fallimento più trasformatore. Noi cerchiamo, dobbiamo assolutamente cercare, i fallimenti che più ci sono utili. Io ho bisogno della pecora nera, non del gregge.

(un fastidio)

Detesto l'intellettualismo fascista. L'intellettualismo che vuole dettare, che vuole imporre. L'intellettuale è colui che pensa liberamente, ma soprattutto che lascia pensare liberamente. L'intellettualismo fascista vuole definire ciò che è giusto e ciò che è sbagliato, il buono e il cattivo, il corretto e lo scorretto. Che stupidaggine. Nulla è intellettualmente poco interessante, questo è quello che mi interessa davvero. La poesia esiste al di là dell'autore. Ma: la poesia è l'incontro speciale tra un poeta che scrive e un poeta che legge. È importante capire che nessuna arte è immortale per legge e che nessuna rivoluzione si fa senza critici. Trovatemi qualcuno che sia rimasto nella storia e che fosse senza nemici. La storia non è fatta dai forti, né da deboli: è fatta dagli uomini liberi.

(una passione)

Il mistero mi appassiona. Se non so da dove vengo, ad esempio, posso sognare di essere quello che probabilmente non sono mai stato. Il foglio bianco serve a preservare tutto anche quando tutto cambia. Ricominciare per tentare di nuovo. L'arte esprime ciò che la realtà non riesce a dire, un'impossibilità scientifica. Spiegare Picasso equivale a un trattato di fisica quantistica. E l'amore. Ah, l'amore. Il segreto che sostiene l'umanità. Se oggi si scoprisse da dove viene e come si produce, il mondo terminerebbe domani. Il motivo per cui non esiste una conoscenza completa è che nessuno sarebbe in grado di sopportarla. Si ama per insufficienza, perché le spiegazioni scarseggiano. Io amo perché in me c'è qualcosa di inspiegabile, e adoro questa cosa. Amo per potermi innamorare, scusate la ripetizione, anche se alla fine non è una ripetizione. Si ama perché qualcosa ci appassioni, e di tutte le cose che amiamo ce n'è sicuramente una che ci appassiona più delle altre. Il mistero è questo: un amore che ci appassiona sa tutto di noi, mentre noi sappiamo così poco di lui. Una corda rigida tesa alla gola ma che comunque ci fa saltare. Amo per difetto e, ovviamente, anche per eccesso, mi dispiace.

(una provocazione)

Tutto il tuo corpo sopra il mio. O tutto il mio corpo sopra il tuo. O l'esistenza dei tuoi occhi attorno a me. O il modo in cui lentamente ti dimentichi delle tue labbra quando senti le mie. Mi rendono incapace di resisterti, ma c'è qualcuno che ci riuscirebbe? A Dio piacendo sì, ma non io.

SFORTUNA: s.f. Quello che capita a chi non ama.

Trascorreva la giornata, tutte le giornate, da più di trent'anni, a contare gli abbracci che vedeva. Percorreva le strade di tutte le città – la maggior parte delle volte accettando passaggi e insistendo per congedarsi con un forte abbraccio – e annotava, su un piccolo quaderno scuro, il numero degli abbracci che incontrava lungo il cammino.

«Sono un contabile degli affetti, un ingegnere delle complicità. Voglio costruire un diagramma dell'amore: capire se esiste una qualche relazione di causa-effetto tra il numero degli abbracci e fattori più oggettivi come la posizione della città, la temperatura dell'aria, se c'è il sole oppure la pioggia. Voglio costruire una base per implementare una strategia che dinamizzi la frequenza degli abbracci e, di conseguenza, dell'amore. E per raccogliere dei dati è necessario cercare, cercare molto, cercare tutto. Non c'è bisogno che mi ringraziate», diceva assertivo agli amici e ai famigliari più vicini.

«Amore», spiegava a chi, con curiosità ed evidente sconcerto, gli domandava cosa cavolo stesse facendo nella sua vita. «Vi suggerirei di fare altrettanto», consigliava.

«La chiamo Bibbia dell'Amore e l'ho suddivisa in migliaia di piccole epistole, versetti e messaggi vari, supportati empiricamente. È importante che con questa Bibbia riusciate a convertire le persone, le nuove persone. Credo che, dopo questo momento, la storia dell'umanità prenderà un nuovo corso, un corso che, in fin dei conti, è sempre stato predicato da tutti ma che quasi nessuno ha messo in pratica, come dimostra inequivocabilmente il mio studio. Raccolgo soluzioni pratiche e chiare su come disseminare l'amore, rappresentato in questo caso dall'abbraccio. Una delle proposte, per capire meglio di cosa sto parlando, è una cosa molto semplice come creare una Sala dell'Abbraccio in ogni strada del paese, uno spazio progettato per la condivisione degli abbracci. Vorrei proporre anche, per fare degli altri esempi, le Sale della Nostalgia, dove persone che non si vedono da molto tempo possano incontrarsi, o i Centri Commerciali della Tenerezza, nei quali ogni cittadino potrà vendere o comprare tenerezza a prezzi accessibili. Prenda e inizi, da subito, a cambiare il mondo», disse, occhi negli occhi, al presidente della repubblica, mentre gli consegnava un libro gigante e una minuscola *pen drive*.

«Ogni scienziato dovrebbe dedicare tutta la sua esistenza, tutto il suo talento, tutta la sua conoscenza, all'installazione e alla programmazione dell'amore. Creare vaccini dell'amore, farmaci dell'affetto. È incredibile quanto tempo perdiamo a occuparci della pelle e non di ciò che ce la riempie di brividi. Incredibile. Se fossi uno scienziato avrei già inventato un virus dell'amore. Ma non lo sono, per questo mi occupo di un altro aspetto della ricerca: la raccolta esaustiva di dati. Grazie a questo lavoro durato decenni, sono sicuro di riuscire a cambiare il mondo. Credo che dovrebbe essere l'obiettivo minimo della vita di qualsiasi persona normale. Ma, se devo essere sincero, non è necessario spingersi così oltre, basterebbe che ognuno cambiasse la sua vita perché tutto il mondo cambi. Sì, cambiare il mondo può essere un processo generato dal puro egoismo. Se fossimo tutti più egoisti e coraggiosi, questa latrina sarebbe molto più abitabile», affermò qualche tempo dopo davanti a un gruppo di amici, famigliari e compagni di reparto dell'ospedale psichiatrico. Tutti lo abbracciarono calorosamente.

(cinque testi da usare solo in caso di emergenza)

1. Esiste una febbre cieca tra le tue braccia aperte: ascendo al tuo corpo come si ascende a una felicità mattutina. Ci muoviamo come animali feroci in mezzo alla devastazione. Sono quello che ti sveglia per sognare con te. Fai con la mia carne quello che il vento fa con i papaveri: sono la precisione che unisce il bacio e il morso, la parola aperta che solleva la polvere. Fai con la mia carne quello che le finestre fanno al vento: anche un cieco merita di vedere, perché io non devo meritare di toccarti?

2. La ruga si chiude all'interno del nome: nel paesaggio sfocato della tua voce esplode la poesia che ti cerca dentro me. Quando ti chiamo mi rialzo misteriosamente un'altra volta, passo dopo passo. Mi sostengo in te, nell'insostenibile. Amarti è un crimine barcollante, una confidenza che tutti quanti conoscono. Vivo in te quando ci sei, nei tuoi ricordi quando te ne vai. Il giorno ci separa come se non esistesse la notte. Ma esiste.

3. La bellezza è un esercizio di fuga: la carne è uno strumento per aumentare il mondo. Si chiama idioma ciò che dice il popolo e legge ciò che dice chi comanda. L'amore è un terremoto perfetto: è dal caos che nasce il disordine, ma anche l'ordine. Ti cerco come la metafora cerca la vertigine, come se tu fossi una specie di vita completa, l'unica. Dicono che amare in questo modo sia la trappola finale. Prego Dio che sia così.

4. La verità accade nelle piccole cose: dipendiamo da ciò che non possiamo smettere di essere. La corda può uccidere e salvare, chissà qual è la scelta più crudele. Si esce illesi da tutto tranne che dall'allegria. Quando una ferita guarisce quel che rimane è una cicatrice ferita: una specie di felicità temporanea, scusate il pleonasmo. Tutti sanno che la vita uccide eppure ci si meraviglia sempre quando qualcuno muore, ci avete mai fatto caso?

5. Scusami ma non ti chiedo perdono, perché il centro della tua pelle rompe velenosamente l'equilibrio della mia, e quando mi sveglio o ci sei tu o un abisso. Siamo degli innamorati totali e per noi l'amore è uno sport estremo, in cui i vestiti inquieti risvegliano le mani, le bocche vibrano e in mezzo alle lacrime trovano posto tranquille ferite. Non so quando né dove, ma so che sarà con te. Quando ci guardiamo il silenzio è un cratere sospeso, come se danzassimo sui lapilli di fuoco, pelle contro pelle, finché i corpi mortali domandano: se avessi il dono dell'eternità, mi terresti con te?

(e una storia da capire in fretta)

C'era una volta un uomo che, a seguito di una strana seduta con il suo solito psicologo, aveva promesso di sposarsi con la prima donna che avesse incontrato. E lei comparve.

Entrambe le promesse furono mantenute. Quella di lui, che la sposò dopo poche settimane. Quella di lei, che depositò sul conto corrente di un amico, uno psicologo rinomato, la somma pattuita.

Nessuno dei due rivelò mai il segreto.

Un giorno, senza dare spiegazioni, cominciò a camminare all'indietro. Molto semplicemente: andava dappertutto girato all'incontrario, con la testa sulle spalle.

«Voglio sapere quello che lascio dietro di me», spiegava se gli domandavano il motivo della sua scelta. «Da quando lei mi ha lasciato ho capito che il meglio della vita si trova nascosto nel nostro lato cieco. La vita consiste nell'evitare gli angoli ciechi che lei si ostina a metterci davanti. Bisogna continuare ad andare avanti, non c'è dubbio, ma dobbiamo capire qual è il nostro davanti. Il mio è questo: camminare rivolto verso la parte posteriore del futuro, solo questo», concludeva.

Un giorno, senza dare spiegazioni, cominciò a camminare a testa in giù. Molto semplicemente: andava dappertutto girata al contrario, con i capelli lunghi che spazzavano le strade della città.

«Voglio avere sempre la possibilità di tirare un calcio», spiegava se gli domandavano il motivo della sua scelta. «Da quando lui mi ha lasciato ho capito che il calcio è uno dei colpi più dolorosi. La prossima volta che sarò in pericolo sarò la prima a tirarne uno. Le gambe non sono state fatte per camminare, le gambe sono state fatte per amare. Il mio amore è questo: aver capito che si sopravvive a tutto tranne che a una pedata in mezzo alla fronte», concludeva.

Si incontrarono per caso in mezzo a un viale all'ora di punta. Lui camminava all'indietro e si fermò per poterla guardare in faccia, lei faceva la verticale e si fermò per poterlo guardare attentamente. Entrambi cominciarono a ridere prendendosi gioco l'uno dell'altra: quale creatura sarebbe così stupida da andare in giro a quel modo per la strada, si domandarono, sottovoce, quasi simultaneamente. Risposero però cose ben diverse. Lui raccontò che era affascinato dalle nuove prospettive della vita, lei che ci sono momenti in cui bisogna lasciarsi tutto alle spalle e poi fece quella famosa battuta sul fatto che dietro la schiena, in realtà, vuol dire davanti, perché se ti trovi dietro a qualcosa che sta dietro allora vuol dire che ti trovi davanti, e quella sera erano già distesi insieme sopra lo stesso letto, senza differenze di prospettiva, un letto serve a questo, e l'amore, in verità, serve a eliminare le prospettive e a restituire al mondo l'eguaglianza che tutti meritano. Lui vide in lei la donna che avrebbe voluto per sempre al suo fianco o, a ben vedere, dietro di sé («dietro un grande uomo c'è sempre una grande donna»). Lei vide in lui l'uomo che avrebbe voluto ai suoi piedi o, a ben vedere, al contrario («crescere vuol dire anche saper rimanere ai piedi di qualcuno, se necessario»). E all'improvviso tutto cambiò, nonostante fosse rimasto tutto esattamente uguale a prima (se non è questo l'amore – la capacità di cambiare tutto anche se tutto rimane esattamente uguale a prima – allora l'amore non esiste, ricordatevelo).

Il giorno del matrimonio tutto andò bene, lui voltò la schiena al sacerdote con i piedi di lei adagiati sulle spalle. Dissero di sì e vissero felici per sempre, almeno fino al giorno in cui, a causa dell'età, lui dovette cominciare a camminare in avanti e lei a camminare dritta, ed entrambi si resero conto («non riuscivo a vedere cosa mi stava davanti», si lagnò lui; «non riuscivo a vedere com'era il suo volto», si lamentò lei) che, visti così, erano di una normalità straziante (se non è questo l'amore – una specie di punto di vista che acceca la straziante normalità del mondo – allora l'amore non esiste, ricordatevelo).

Un giorno, senza dare spiegazioni tutto finisce per essere spiegato. Spero proprio di no.

BELLEZZA: s.f. Ciò che, tra tutte le cose visibili, ha meno visibilità. Nessuna bellezza è causa dell'amore, ma tutti gli amori sono causa di bellezza.

(il diario di un umano)

Lunedì.

Si resiste a tutto tranne che all'aspettativa. Vogliamo cambiare il mondo con la forza della tenerezza, ma poi appare l'odio e solo i più freddi ce la fanno. Nulla fa più male della certezza di ciò che poteva essere. In fondo tutti possiamo e sappiamo essere brave persone, ma solo alcuni di noi praticano la vita come uno sport salutare. Un'applicazione che misuri la quantità di bontà sprecata ogni giorno: ecco un'idea per un buon affare, ma soprattutto per un mondo nuovo.

Martedì.

Guardarti ha il sapore dell'inizio dell'estate, le giornate grandi come fossero parchi divertimento, le persone per le strade alla ricerca della felicità facile, l'uomo dei gelati e una litania intoccabile, ripetitiva, dentro il tuo abbraccio. Non credo che l'eternità sia impossibile, e neanche tu, ed è questo il modo migliore per non morire mai. Un giorno, come tutti gli altri, i nostri corpi invecchieranno, le strade saranno infinite e ogni giorno in più sarà una possibilità in meno. Allora proveremo la bellezza, improbabile, ogni volta che sapremo che l'altro resterà con noi. È questo, e poco altro, l'amore: la bellezza improbabile di qualcuno che resta con noi. Grazie.

Mercoledì.

L'incanto di una festa è dato dall'allegria che contiene: tutti felici e il tempo dimenticato dietro all'orologio. L'incanto di una solitudine è esattamente lo stesso, nonostante sia esattamente il contrario. Siamo frammenti di noi, viviamo ogni istante alla ricerca della totalità che non esiste, ed è solo così che esistiamo pienamente. Cercate qualcuno che sia completamente realizzato e troverete un morto. Non esistono persone assolute, né momenti assoluti. Esistono soltanto sensazioni che ci colonizzano, emozioni che ci manipolano. Sono un orgoglioso ostaggio di me stesso, e adesso anche di te, perdonami la ridondanza.

Giovedì.

Siamo ciò che facciamo di noi stessi, che sia chiaro. A volte il dolore si trincera nelle viscere e ci serra le dita, il sangue gela nelle vene e siamo solo ciò che vediamo, che bugia. L'altro giorno un uomo ha vinto il montepremi più alto della lotteria qualche ora prima di perdere la moglie e si è sentito sfortunato. Alla fine ciò che ferisce di più è l'ironia, sempre l'ironia. Ci sentiamo più capaci a mano a mano che perdiamo alcune capacità, come se il corpo fosse qualcosa di slegato, un dittatore egocentrico in balìa della vita. Rimane solo ciò che ci fa perdere la serietà, che allarga i nostri limiti. Rimane solo ciò che spesso pensiamo sia troppo, e lo è, e allora rimani, per favore. Sono ciò che nessuno mi ha impedito di essere, solo questo.

Venerdì.

C'è una strana serenità nel momento della perdita, come se l'irrimediabile fosse una specie di pausa. Crediamo che qualcosa sia insopportabile fino al momento in cui dobbiamo sopportarla. Ma nemmeno così smette di essere insopportabile. Mi piacciono quelli che mi rendono dipendenti da loro stessi, la chiamo indipendenza. Siamo tutti indistruttibili fino al contrario dell'amore.

Sabato.

La notte spegne l'inquietudine e porta con sé l'inizio del futuro. Mi piace sentire i cicli che cambiano, è come se sentissi la rotazione del mondo. Pensare è il poema completo, l'incontro tra la memoria e la creatività. Se c'è qualcosa di prezioso nell'umanità è l'emozione, il modo in cui disgraziatamente ci consegniamo all'incontrollabile. Sono ossessionato da ciò che mi rende felice, meno male.

Domenica.

Le persone feriscono. Ferire è umano, come se fosse necessario farlo per guarire le ferite, che idiozia. A volte, quando piango, mi succede di comprendere la malvagità. E anche questo mi ferisce. Il dolore è una città in rovina al centro di me, un territorio sanguigno. Solo l'amore sopravvive, o almeno dovrebbe sopravvivere. Amo per riuscire a sopportare, è tutto.

(sette brani da leggere quando hai paura di andare avanti)

1. Si scrive perché una specie di pelle tocchi il mondo. La solitudine ha bisogno di compagnia, in caso contrario è soltanto infelicità. I momenti che inseguo sono nascosti nell'intervallo tra le certezze, quando la ragione si sfrega un occhio. Tratto le parole come se fossero pericolose, e lo sono. Tutte le lacrime sono parole in più o parole in meno, come tutti i conflitti. Nessuno vede il mondo ma solo quel che resta del mondo che abbiamo assimilato in noi. Viviamo quel che avanza della collisione, il prodotto dei successivi impatti con ciò che ci succede. Questa è la realtà, che Dio me ne liberi. La creatività è evitare l'intoccabile, e poi ovviamente distruggerlo. Si ama per sperimentare l'irraggiungibile.

2. Il tempo non vola ma ci fa atterrare. Siamo organismi con la data di scadenza, l'immortalità è passeggera, su questo siamo d'accordo. Un giorno ci svegliamo e vediamo il punto di arrivo, senza neanche un pubblico che applauda per ciò che abbiamo fatto. Si muore sempre da soli, per quanto grande sia l'amore che portiamo con noi. Non rimane altro da fare, in vita, che celebrare. Forse il senso di questa giornata alla fine è appunto: celebrare. Se non lo è, dovrebbe esserlo, per quel che mi riguarda lo farò se ne avrò la possibilità. La filosofia è divertente ma è vivere che mi fa ridere, disse il filosofo. Quando potrai, dillo anche tu.

3. L'apatia uccide. È facile cedere, abbassare le braccia, lasciare che ciò che ci impedisce di camminare diventi insostenibile. Mi rassegno a essere una creatura incapace di comprendere la rassegnazione. Soffro come un cane per ciò che è impossibile. Per questo faccio di tutto per oltrepassarlo. Sarà, forse, l'unica maniera per integrarlo in me senza annoiarmi. Quasi sempre non lo supero, perché sono umano, ma quasi sempre supero me stesso, per la stessa ragione.

4. Sul ciglio della strada una prostituta di più di sessant'anni tenta di andare avanti. Nei suoi occhi la vita che avrebbe potuto avere ma che non ha mai vissuto, perché non ha potuto o semplicemente perché non ha voluto. Le persone passano e non si fermano, ed è questo che permette che tutto vada avanti: l'indifferenza esiste affinché il dolore possa ferire più a lungo, come se riuscissimo a chiudere gli occhi di fronte a ciò che ci fa vedere meglio. I sensi esistono per salvare e per uccidere. Vivere bene spesso vuol dire vedere male.

5. Le persone temono ciò che non è limpido, che sfugge alla norma. Il fascino autentico sta nel mistero nascosto dietro ogni porta. Prima di aprire una porta voglio immaginarla con precisione, raccontarmi la storia che avrà in serbo per me. La capacità di vivere ciò che non abbiamo mai vissuto è fonte sia di grande felicità che di grande infelicità. La scelta, spesso, tocca a noi. Facciamo in modo che sia un vantaggio.

6. L'amore è il più grande figlio di puttana del mondo, e non c'è niente di meglio. Quando mi manchi, la realtà è una merda, la vita scorre lontano da me, ogni giorno avverto una sensazione di assurdità. Bisognerebbe imparare ad amare, le persone dovrebbero specializzarsi, laurearsi, conseguire dei dottorati, dei postdottorati in momenti privi d'amore. Siamo innamorati incalliti oppure esseri finiti, questa è la verità. Una persona più-o-meno innamo-

rata non ha mai portato a termine una rivoluzione, a meno che non fosse una rivoluzione più-o-meno, o più-o-meno una rivoluzione. Tutte le guerre, tutti i problemi sono causati dall'assenza di amore, o perlomeno da amori visti da un'angolazione sbagliata. Ti guardo da tutte le angolazioni come se guardassi me stesso, e mi ritrovo sempre: che allegria. Quando mi manchi è come se io mancassi a me stesso.

7. Non si trova mai un colpevole. Se si tratta di dolore siamo tutti innocenti, vittime di coincidenze sbagliate, pedine indifese nelle mani di un demone più grande di noi. La cosa più stupida è quella che tutti sappiamo ma che nessuno vuole sapere. La società è così noiosa. Non sono i più forti quelli che resistono, ma i più piccoli, quelli che chiedono senza esigere, che tengono un profilo basso senza voler apparire. Solo quelli che si distendono nella merda riescono a addormentarcisi dentro. A me non resta altro da fare che tapparmi il naso con una mano e con l'altra provare a protestare. Non è facile, certo, ma si può fare. Ogni giorno scegliamo se rifiutare il gregge o se farne parte, per quanto si tratti, malauguratamente, della stessa cosa. Se devo essere una pecora che sia nera, per non lasciare neanche un chilo di lana nelle mani dei padroni. Una volta i malvagi erano perseguitati, adesso vengono intervistati.

(sei non spiegazioni e un'inquietudine)

1. Si deve tentare l'improbabile. Scegliere la strada più difficile. Perché ci siano degli obiettivi, perché ci sia un orizzonte. Ripetere sempre le stesse cose vuol dire fissare un muro, restare intrappolati nell'intervallo tra la vita e la morte. Io preferisco cercarmi in ciò che nessuno ha mai trovato. Quando ho rinunciato a guardare verso ciò che non esiste ho smesso di esistere: prendetene nota, per favore.

2. Nel mondo vige un conflitto costante che opera il cambiamento. Ciò che è e ciò che è stato hanno una naturale difficoltà nell'andare d'accordo con ciò che sarà. Molto spesso da uno shock nasce la salvezza, per quanto scioccante possa essere. L'intelligenza ha molte facce ma nessuna di esse è violenta. L'insopportabile pretende che noi sappiamo sopportare. Il problema non è mai la dimensione di quello che viviamo, ma la nostra incapacità di allargarci per lasciarlo entrare. Molti vivono una vita felice ma sono pochi quelli che, all'interno di questa vita, riescono a trovare la felicità.

3. L'infanzia è un giocattolo fragile. Sarà per questo che tutti la rompono molto presto, come se fosse impossibile impedirle di sfaldarsi con il tempo. Solo più tardi, quando si intravede la fine, in molti la cercano di nuovo e provano a rimettere insieme, pezzo dopo pezzo, quello che la serietà sterile degli adulti aveva devastato. È essenziale giocare con

il dolore. La malinconia resiste a tutto tranne che agli scherzi. Quanti ne hai già fatti oggi?

4. La ricerca della ragione è l'imbecillità suprema. Come la verità, ad esempio. Tutte le forme di potere sono pesi che nessuno dovrebbe desiderare. Ci sono idioti che pensano che avere più potere voglia dire essere più liberi. Che menzogna, Dio mio. L'uomo più libero è colui che vuole sapere tutto senza volerne sapere più degli altri. La libertà esige una conoscenza talmente grande da essere consapevole della propria piccolezza di fronte a tutto ciò che esiste. L'umiltà richiede una sapienza immensa e costa fatica. Chi nel mondo comanda, del mondo non sa quasi nulla.

5. Ti occupo come Dylan occupa il poema: percorro la superficie, in silenzio, e poi sprofondo tutto intero in ciò che non ha definizione. La letteratura è ciò che non ha definizione oppure è qualsiasi altra cosa, al massimo una ripetizione di formule che altri hanno testato e dimostrato. Ci sono sempre i disgraziati che si aggrappano alla spiaggia, giovani e vecchi che leggono e scrivono come se leggere e scrivere fossero processi razionali. Poveri illusi. Un libro si apre come si apre un bacio, come si aprono le braccia o le lacrime. Si scrive con il sangue, con le vene, mai con le lettere, altrimenti non si scrive un bel niente. In questo modo io ti cerco, senza che ci sia una conferma, un sentimento più grande del semplice cercarti. Un poema si scrive andando alla ricerca di ciò che non può avere spiegazione. La poesia è il modo migliore per cercare, e anche per amarti, se me lo permetti.

6. Si muore molto a causa della morte, mi dispiace. Ma si muore ancora di più a causa dell'assenza di un motivo per vivere. Non è la preoccupazione che deve preoccupare ma l'assenza, questo sì, di preoccupazioni. Essere vivi vuol dire essere, da un certo punto di vista, preoccupati. Ci preoccupa ciò che ci circonda ed è precisamente que-

sto che ci mantiene all'erta, classico eufemismo per dire che siamo vivi. Mi stancano le giornate in cui non arrivo stanco alla sera: cosa avrò tralasciato di fare? Nelle strade ferisce la mancanza di sogni, gli occhi vuoti, una specie di silenzio ipocrita, un lento veleno dentro i passi. Che mai nessuno muoia senza motivo, di questo si occupi la scienza. Che mai nessuno viva senza motivo, di questo si occupi l'amore. E noi.

7. Mi piace mettere tutto in discussione. Ma perché?

BIOLOGIA: s.f. Scienza che studia la vita e l'amore (scusate la ridondanza, in fin dei conti si vive solo ciò che si ama, qualsiasi scienziato potrà confermarlo).

(cinque definizioni semplici per cose complicate)

1. La profondità è cinquanta per cento semplicità e cinquanta per cento poesia, il che equivale, fatto un rapido calcolo, a cento per cento di lavoro. La complessità è una forma di vigliaccheria, niente di più chiaro: chiunque è in grado di essere incomprensibile, basta poco per smascherare chi vuole fare il sapientone. Ecco un esercizio speculativo. In te il sublime è un'istituzione assurda, un'approssimazione ingegnosa, e pericolosa, all'incubo – così scriverebbe un letterato troppo innamorato di sé stesso alla donna che dichiara di amare. Quando ci immagino insieme, perfino Dio chiude gli occhi – così scrivo io, che di poesia ne ho ben poca, ma di amore, giuro, ne ho tanto.

2. Di sicuro la tolleranza è una forma di saggezza e, più ancora, di coraggio. C'è dell'eroismo in chi, controcorrente, non dice «andate via» a una folla affamata. Grande è colui che tollera. Intendo una grandezza umile, l'unica vera forma di grandezza, alla fine. Ma per essere grandi bisogna anche essere diversi, non una diversità fine a sé stessa, che sciocchezza, ma semplicemente per un rispetto di sé, la più importante forma di rispetto, alla fine. Sono le pecore fuggiasche che fanno scoprire al gregge nuovi sentieri, anche se pericolosi, qualsiasi pastore lo sa. Almeno un terzo delle scoperte fondamentali della storia sono state fatte per caso, un errore sulla mappa, una distrazione, una passione incontrollabile, oppure un uomo che, perso come tutti gli altri, senza motivo sceglie una strada im-

probabile. Tutti quelli che all'epoca lo hanno insultato, alla fine lo hanno seguito. Chissà se non lo avessero fatto.

3. L'intelligenza è prima di tutto resistenza alla stanchezza. La fatica entra in noi come un coltello poco affilato, muscolo dopo muscolo, e solo i più creativi sopravvivono. Il tedio stanca a forza di non stancare, ed è la morte dei piccoli. Nessun genio è mai morto di tedio. È questa la lezione dell'infanzia, quando accade di tutto senza che nulla accada. L'adulto, quindi, soffre di un'antibambinite bella e buona, una maturità, diciamo, che rende sciocchi. Solo gli sciocchi cambiano il mondo, o perlomeno credono di farlo, per fortuna.

4. La poesia è la vigilia del mondo: i poeti sognano ciò che l'uomo fa. Si può criticare tutto tranne l'amore, altrimenti non si tratta di amore. Le persone si distinguono per l'amore a cui danno vita: si chiama eroe chi riesce a lottare contro i venti e le maree per arrivare alla sua meta, che scemenza. L'eroe è chi convince i venti e le maree ad aiutarlo ad arrivare alla sua meta, e alla fine del viaggio offre loro anche un toast e un bicchiere di vino. Le guerre si vincono, e si evitano, seduti a tavola, tutti insieme. Il poeta è quindi un maestro di pace, colui che fa sognare gli altri attraverso i suo sogni. E tu, quante persone hai fatto sognare oggi? Prepara una dozzina di toast e due o tre caraffe di vino e segui la tua vita, che già si è fatto tardi.

5. La ricchezza mi sembra vuota e sarà sicuramente molto impegnativa. Il sacrificio è una forma di povertà, come se per mangiare fosse necessario avere fame. La gioventù, forse, è una libertà che reprime e seduce a causa del suo imporsi come un obbligo. È importante soprattutto trovare un caos coerente, un disordine che consoli la ferita. Essere felici non è una scelta unicamente nostra, ma non essere stupidi lo è.

Tutti i cambiamenti all'inizio sono bugie, questa è l'unica maniera per poter cambiare. Il processo è semplice: prima mi convinco, costi quel che costi, di essere davvero cambiato, poi, visto che sono davvero convinto di essere cambiato, va a finire che cambio davvero. Non è una bugia innocente, non è neanche una bugia colpevole, è soltanto un'occasione di crescita. Si cresce solo quando si cambia, nient'altro. Si dice che solo gli sciocchi non cambiano, che sciocchezza, che solo i morti non cambiano, perfino loro invece diventano altro da quello che erano. In quanti sono morti colpevoli per poi diventare, con il passare del tempo, innocenti? Oggi sono cambiato: ecco un'affermazione che mi sforzo di fare tutti i giorni. Può anche essere falsa ma subito, non appena l'ho pronunciata, diventa vera, per quanto sia difficile da credere.

La bellezza sta nella densità, è una creatura spessa che ci avvolge con qualcosa che nessuno è in grado di spiegare. Mi piacciono i volti che hanno qualcosa da insegnare. Quando sarò vecchio voglio aver vissuto molto, solo questo.

Nessuno ha la vita che ha. Tutti hanno la vita che pensano di avere, questo sì, e raramente sono la stessa cosa, per fortuna. Mettete due persone a passeggiare insieme alla stessa ora, nella stessa strada deserta, senza niente da guardare e capirete immediatamente che non esistono strade uguali, come non esistono vite uguali per quanto si possano vivere esattamente le stesse cose. Una persona può intristirsi perché la strada sembra abbandonata e morta, mentre l'altra può essere felice perché finalmente ha trovato una strada pacifica e silenziosa dove scappare dal brulichio incessante della città. Si vive soprattutto prima della vita – prima che la vita incroci il nostro percorso – e dopo la vita – quando effettivamente elaboriamo in noi ciò che la vita ha portato. Quindi è la memoria, poco altro, che definisce quello che viviamo. E tu, se non lo sapevi, non è perché non lo hai mai saputo, semplicemente non lo hai memorizzato. Insomma, niente di grave.

Tutti si lamentano delle limitazioni ma sono proprio loro, forse più di qualsiasi altra cosa, che danno sapore (ma anche succo, e anche forma) a questo mondo. La bellezza, ad esempio, acquista consistenza solo grazie a ciò che la impedisce, a ciò che la limita. La libertà, per essere gustosa, ha bisogno di costrizione, come se un passero avesse bisogno della terra per poter toccare il cielo, e ne ha bisogno eccome. In particolare non ci piace la fine. Crediamo che, senza, la nostra vita avrebbe più valore, un errore imperdonabile. Se tutti fossimo immortali, questa latrina sparirebbe in un battito di ciglia, forse due. Senza limiti saremmo relitti galleggianti, privi di timone e direzione, schiavi delle onde e delle tempeste che ci devastano. Che ci sia sempre un limite pronto a salvarmi, ecco tutto quello che chiedo, limitato come sono.

Le strade affollate e una donna triste alla finestra. Non so cosa stia cercando, forse non lo sa neanche lei. Mi fermo alcuni secondi e rimango a guardarla, come se volessi calmare ciò che la inquieta. Ma le persone sono organismi solitari. Si soffre sempre da soli, nonostante tutta la compagnia che possiamo avere. All'improvviso la vedo sorridere, gli occhi aperti, il mondo intero che cambia. Un uomo, con una valigia in mano, ha suonato il campanello. La donna apre. Forse ci sarà sempre un amore pronto a salvarci la vita. Speriamo.

Non sono quello che so. Sono ancora meno di quello che gli altri sanno di me. Sono, è così semplice, quello che non so, quello che inevitabilmente non saprò.

Sono un segreto, un mistero, una porta socchiusa. Resistere alla tentazione di svelare il segreto è una specie di maturità, di umanità. Non pretendo di capire ciò che mi precede in quello che faccio, in quello che penso, in quello che sento. Pretendo di accettare l'enigma, di edificare su di esso con basi solide, in un processo che mi porterà a scoprire solo ciò che è stato già scoperto molto tempo fa. Le scoperte migliori e più gustose sono quelle che riguardano le cose che già conosciamo. E così, togliendo il panno trasparente che ricopre il pregiudizio, mi scopro ogni giorno di più. C'è chi ha paura del banale, che banalità, mentre io ne ho bisogno per essere meno scontato. L'eccezione deve essere la regola.

È urgente guardare a ciò che è elementare. Passiamo le giornate cercando di contrastare l'ovvio, e non c'è niente di male in questo, ma ci dimentichiamo di valorizzarlo, e perfino di vederlo.

A volte mi piace mettere in discussione quello che diamo per assodato. L'altro giorno, ad esempio, ho affermato che le ruote sono quadrate, e tutti quelli che mi stavano attorno si sono messi a difendere la circolarità della ruota. Ho voluto spingermi più in là e ho sostenuto, non so bene come ma con veemenza, con serietà, la tesi appena espressa. Nel giro di pochi minuti i presenti mi stavano spiegando di tutto e di più a proposito della ruota, com'era nata, a cosa serviva, quale evoluzione ha avuto. Ho ceduto, infine, all'evidenza e tutti si sono sentiti vincitori, soprattutto io, perché avevo fatto in modo che quella banalità venisse valorizzata come la cosa eccezionale che realmente è. Così deve essere: ciò che oggi siamo abituati a considerare banale, ieri era eccezionale, che strano. Approfittane finché puoi.

Ci sforziamo tanto per ricordare ma tutto ciò che siamo è dimenticanza, ed è giusto così. Gli eventi sono fatti di ciò che passa, non di ciò che rimane. Per questo la capacità di dimenticare è una grande risorsa per sopravvivere. La memoria serve tanto a uccidere quanto ad amare, direi perfino che i ricordi sono uno dei modi migliori per soffrire. Siamo, come razza, come pianeta, la somma di tutto ciò che siamo in grado di ricordare nonostante il tempo che passa; ma siamo ancora di più la somma di tutto ciò che siamo in grado di dimenticare nonostante la sofferenza e il dolore. Non dimenticarlo mai.

La felicità profonda è probabilmente la pace: dormire, svegliarsi e camminare con la sensazione che il mondo sia completo dentro di noi. Esiste anche la felicità immediata, quella che ci stempera le vene e ci trasporta alla fine del mondo, un precipizio momentaneo, un tienimi stretto che sennò mi ci butto. Abbiamo effettivamente bisogno di qualcuno che ci tenga stretti, i grandi salti esigono, prima di tutto, una accurata preparazione, una buona sistemazione dei piedi al suolo in modo che il momento dell'impulso, l'impulso stesso, si manifesti in maniera esatta, decisiva. Tuttavia ci sono giornate che ci investono, impossibilità che ci svuotano, perdite che lasciano senza forze. La felicità, ripetiamolo fino a che non diventi legge, è probabilmente la pace, che è come dire l'amore, che è come dire tu, o pensavi che saresti uscita illesa da tutto questo?

BIONICA: s.f. Scienza che produce nella vita quello che l'assenza di amore produce nelle persone. La differenza tra l'uomo e la macchina non è la ragione, ma la sua mancanza.

La razionalità ci distingue dagli animali e spesso ci colloca su un gradino inferiore a loro. La bontà non è un'esclusiva della ragione. È razionale sia chi inventa la cura perfetta contro la morte, sia chi inventa il modo perfetto per uccidere. Non è, quindi, la ragione che ci distingue dagli animali, ma l'uso che ne facciamo; nessun giudice condanna il coltello o la pallottola, ma solo chi li ha usati. Il problema non è costruire macchine di morte, strumenti malvagi, il problema è usarli per uccidere. Tutto si riduce a come si adopera la creatività, a come ci si impossessa del coraggio: alcuni la adoperano per il bene, altri se ne impossessano per il male. Si dimostra senza dubbio coraggioso chi dichiara il proprio amore a qualcuno, purché questo qualcuno non sia chi amo io, naturalmente.

La felicità è avvicinarsi alla perfezione, al risultato perfetto, ma mai alla propria perfezione. L'amore è ciò che potrebbe essere, molto più di ciò che è, un modo per consumare qualcosa di impossibile. Tutte le teorie sono infallibili finché non arriva un abbraccio. Spesso si pensa solo per scappare momentaneamente da una sensazione, da un sentimento. La ragione è un sofisma, ma anche la mancanza di ragione lo è. Chi non ha mai perso la ragione ha perso la vita, o la sta perdendo, a goccia a goccia, come veleno nel sangue. Ci sono persone che rinunciano a puntare all'eternità, al meraviglioso, all'epico, a ciò che rimane nella storia. Ci sono persone che evitano ogni atto eroico, l'Everest, perfino i riflettori. Ci sono persone che rimangono con orgoglio all'interno del fallimento, al centro dell'impossibilità.

Chiamo questa gente «persone felici», e sono felice insieme a loro.

Si sminuisce la routine come se fosse l'opposto del piacere, il contrario della felicità. Niente di più sbagliato visto che la noia è una grande maestra. La routine è la sopravvivenza di ciò che ci sostenta, un modo di posizionarsi all'interno del mondo, in uno spazio tra il giorno e ciò che siamo in esso. La routine è, per i più esperti, il sospiro terapeutico, il climax pacifico. Non le si dà il credito che merita, perché non si perde mai tempo a guardare le vittorie facili, anche se hanno lo stesso valore, e lo hanno, delle vittorie difficili. Siamo prevedibilmente ossessionati da ciò che non abbiamo, ci dedichiamo con passione a ciò che inseguiamo lungo la strada e raramente ci accorgiamo, chilometro dopo chilometro, di ciò che abbiamo raggiunto. Non sono i successi raggiunti che danno valore alla vita, ma i successi sentiti, e sono due cose molto diverse. È sul gradino più basso del podio, o addirittura ai suoi piedi, che molto spesso si trova il vero campione, colui in grado di rendere più eterno ciò che sente, non per chissà quali meriti, ma solo per non essersi abituato alla routine. Chi si è abituato alla vittoria non è un vincitore cronico, è un futuro sofferente cronico. Poverino.

Ricorda: la felicità è una questione di tempismo, come tutto, in verità, è una questione di tempismo. Spero di averti avvisato in tempo. Vai. Scatenati.

La donna:
alle sei in punto la sveglia. Il tuo russare al mio fianco, svegliare i bambini, poi il bagno, la mia faccia stanca allo specchio, la colazione, cereali al cioccolato per il più piccolo, un panino di ieri per il più grande, un bicchiere d'acqua di corsa per me, i piatti da lavare nell'acquaio, i vestiti da stendere nella lavatrice. È ancora notte, la vicina di sotto fuma la solita sigaretta con la solita lacrima dentro gli occhi, chissà che oggi non ritorni suo marito, chissà che oggi la sua attesa non sia vana, poverina.

Ascolta:
quando lo ritieni necessario ritorna al punto di partenza, quello da dove tutto riparte da zero. La qualità di una costruzione dipende dalla qualità della distruzione che la precede. Lo sai: spesso vivere bene vuol dire distruggere bene. Nessun cantiere è bello. La devastazione è necessaria. Il processo esige pazienza, audacia, capacità di resistenza, eroismo. E soprattutto una cecità appassionata. Lo sai: ci si appassiona solo a ciò che non si vede. Si ama la parte nascosta dell'ignoranza, il mistero dell'incontrollabile. Si ama, al limite, l'insopportabile: ciò che non riusciamo a sopportare in mezzo a noi. Si ama per sopravvivere, oppure non si ama.

L'uomo:
da molto tempo non sono più me stesso. Ci siamo sposati per completarci, ma ci si deve sposare quando tutto è già completo. Mi piaceva amare te e questa tua voglia di andare avanti come se ne valesse la pena. Non so se ti ho scelto o se

semplicemente non mi sono opposto. Sei rimasta e volevo fare di te la donna che mi ha fatto restare. Tra poco verrai qui, mi dirai sveglia e io mi sveglierò, mi darai un bacio, io te ne darò un altro, come se le labbra desiderassero soltanto quello, niente lingua, niente malizia. Poi arrivano i ragazzi a salutare, vogliono tutta la felicità di una volta che noi abbiamo già desiderato, che follia, finalmente mi saluti con un «ti amo» spento, io lo spengo ancora di più dicendo il mio, io e te a far finta che la vita continui, e continua, che Dio ci aiuti.

Capisci:
i tentativi stancano, esiste una formula unica per ogni vita. Il resto è incompetenza. Somme impossibili diventano opzioni praticabili, come se fosse possibile mentire matematicamente. Fino a che non si arriva al risultato finale, una specie di esplosione numerica. Vivere è sabotare la scienza. Non si sa chi abbia inventato l'amore, ma di sicuro lo avrà fatto per amore. Amare è invertire la fisica: il mondo sopravvaluta l'intelligenza perché non la capisce. Chiedete a un genio di scomporre un abbraccio e capirete la sua inutilità. È risaputo che l'amore esisteva prima dell'intelligenza ma non si sa se potrà sopravviverle, e ancora si ostinano a chiamarla intelligenza, che scemenza.

I figli:
essere felici tutti i giorni può annoiare ma è così bello. I genitori esistono per essere contestati, per mostrarci quello che dobbiamo rifiutare. I miei sono efficienti: si rispettano e ovviamente si annullano. Non mi sembra una cosa positiva ma nemmeno mi esalta. Ancora non capisco cos'è che non mi esalta e capisco ancora meno perché gli adulti si esaltino così poco. L'esaltazione è un volo passeggero, ed è esattamente per questo motivo che andrebbe ripetuto il più possibile. L'efficienza si dovrebbe applicare a tutto tranne che all'amore: l'ho letto ieri su Facebook e l'ho subito condiviso con Marlene. Stiamo a vedere se funzionerà.

Impara:

si giudica per vedere meglio, per mettere a fuoco l'impensabile nella rete di prevedibilità che ci circonda. Dobbiamo fare i conti anche con ciò che ci repelle. Occorre quindi sviluppare la facoltà di modellare il dolore, prevenire la lacrima, coprire di profumo il disgusto. Gradualmente ci adattiamo, attitudine che ci separa dai bruti. Il cambiamento ci distingue. O ti adatti o muori: parola di salvezza. L'eroe non è chi soffre meglio, l'eroe è chi soffre a testa alta. La vita continua sempre. Vedi se ce la fai anche tu.

Il domino:
tutto ebbe inizio quando la madre, per la prima volta, si attardò per più di mezz'ora. I figli si stufarono di aspettarla e tornarono da soli a casa da scuola. La madre arrivò a scuola e non vedendoli si disperò, li chiamò ma loro non risposero perché erano troppo occupati a giocare a nascondino. La madre accelerò a tutto gas verso casa per assicurarsi che i bambini fossero rientrati. Uno dei figli si nascose dietro una macchina. La madre imboccò la via ad alta velocità e il suo telefono squillò. Il figlio nascosto dietro una macchina vide qualcosa e all'improvviso si mise a correre. La madre non riuscì a trovare il telefono nella borsa. Il figlio continuava a correre e non udì le urla del fratello che lo chiamava. La madre distolse gli occhi dalla strada per due secondi, non di più. Il figlio sgranò gli occhi e fece un'espressione di sorpresa per quello che aveva davanti. La madre rispose al telefono e udì il marito dirle ti amo, fai presto che ho voglia di vederti. Il figlio saltò in braccio al padre, alla sua destra, perché la sinistra era già occupata dal fratello che lo aveva chiamato. La madre arrivò e occupò la parte che mancava, quella delle labbra e del petto. E furono felici per sempre, diciamo così. E diciamo bene, visto come sono andate le cose, aggiungerebbe la vicina di sotto, avvolta tra le lenzuola insieme a suo marito.

La felicità:
chissà cos'è.

TACERE: v. Una delle lingue parlate fluentemente dalla vigliaccheria. Qualsiasi nemico zitto è scambiato per un ammiratore fedele.

– Nonno, sono felice.
– Non importa, tanto passa.

L'età porta a ciò che, scientificamente parlando, possiamo chiamare stupidità naturale. Spesso crediamo che questa stupidità naturale sia una forma di realismo pesante, come se essere ottimisti fosse da sciocchi e solo i pessimisti potessero comprendere il mondo. L'intelletto, questo modo leggero di scoprire quello che ci succede, definisce l'esistenza alla luce della conoscenza, che imbecillità. Non conosciamo noi stessi grazie a ciò che sappiamo, ma solo grazie a ciò che sentiamo.

– Nonno, che cos'è il futuro?
– Quella cosa che ci uccide.

Questo nonno ha sprecato la vita e ha sprecato sé stesso. È rimasto senza sogni, credimi, perché i giorni passano, e nemmeno immagina che non riesce ad avere sogni solo perché non riesce a sognare, una cosa così semplice. Quelli che non riescono a sognare non sono i più vecchi, sono i più limitati. Nessun uomo vivo muore senza sogni.

– Nipote, cosa vuoi essere da grande?
– Un poeta.

Tutti i ragazzi sono poemi, anche gli adulti, ma l'età riesce spesso a trasformarci in analfabeti emozionali. Ci perdiamo in occupazioni puerili, come i debiti che dobbiamo ripagare o il lavoro che abbiamo da fare. Nessun uomo è nato per lavorare, solo per amare. Nessuno vive senza poesia.

– Quando morirai andrai in paradiso.
– Nonno, andrò in paradiso quando vivrò.

Non c'è niente di male nel pragmatismo, a patto che ci sia emozione. Chi è emozionalmente pragmatico dedica la sua vita, oggettivamente, ad alimentare quello che sente. I bambini, allora, sono geni infiniti, creature che cercano esclusivamente di saziare la loro voglia di entusiasmo. Tutti potremmo essere, se non sprofondassimo nell'abisso della vigliaccheria, creature che cercano esclusivamente di saziare la loro voglia di entusiasmo. Si rimane fermi quando non si ha voglia di andare oltre. Si trova l'intangibile per non farci toccare dall'ipocrisia istituita. Siamo incapaci di noi stessi.

– Nonno, voglio essere la persona più ricca di sempre.
– Vuoi diventare milionario?
– No, voglio un abbraccio.

L'età non porta ambizione, porta sottomissione. Crediamo che ci serva sempre qualcosa in più, sempre di più, e ogni volta rinunciamo a qualcosa. Perdiamo noi stessi per guadagnare di più. Il nonno abbracciò il nipote, due o tre secondi di una semplicità assurda. Poi se lo accomodò in braccio, gli baciò la testa, gli disse un «ti amo» a bassa voce e lo vide abbandonarsi a un sonno che, come tutti i ragazzini, cercava di evitare da alcune ore.

– Come si è addormentato?
– Felice.

– Mi ami?
– Certo, ma dopo cena.

È una donna meticolosamente organizzata, tutto quello che fa è pianificato, tutto quello che deve succedere è segnato in agenda, altrimenti non succede.

– Mamma, domani possiamo andare al cinema?
– No, domani saremo felici.

Per lei separare l'ambiguo dall'esatto, il concreto dall'astratto, comporta difficoltà insormontabili. Un sentimento ha lo stesso peso specifico di un chilo di riso ed entrambi fanno parte della sua vita in parti uguali. Per questo non deve stupire il fatto che spesso venga fraintesa, come quando si dimenticò il portafoglio a casa e voleva pagare una raccomandata alle poste con un abbraccio.

– Quanto vuole per la casa?
– Il sorriso di tutti.

Fu così che concluse quello che oggi si considera «l'affare più redditizio di sempre», quando lasciò la casa dei suoi genitori, che avevano lavorato decenni per riuscire ad acquistarla, a una famiglia di mendicanti che incrociava tutti i giorni vicino all'entrata della banca. «Ho ottenuto esattamente quello che volevo, non ci fu nessuna negoziazione. Feci la proposta e loro accettarono subito, furono davvero carinissimi, non vollero nemmeno contrattare», spiega mentre mi mostra una fotografia di quella famiglia, bella sorridente, nella sala sfarzosa della casa che le aveva venduto.

– Cosa fai di professione?
– Vivo.

Vive. Pianifica ogni passo con il rigore di un ingegnere, ed è esattamente quello che lei è, quello che ha studiato, quello che l'ha fatta diventare, in poco tempo, la più grande esperta in ingegneria sentimentale del mondo. Quando le chiedono a cosa serva un'ingegneria di questo tipo, risponde soltanto che serve a tutto e anche a qualcosa in più, e questa è la risposta più astratta che sia mai riuscita a dare a qualsiasi tipo di domanda.

– Qual è il tuo sogno?
– Sognare.

E lo fa quotidianamente. Ieri ha passato la giornata a distribuire nella città dove vive tutti i vestiti che aveva nel guardaroba. L'altro ieri ha cucinato tutto il cibo che aveva in casa e lo ha portato in un centro d'accoglienza. Il giorno prima era andata nel suo quartiere raccontando barzellette a porta a porta e aveva fatto ridere centinaia di persone. Domani trascorrerà la mattinata ad abbracciare chi incontrerà lungo la strada, la sera a baciare sulle guance le persone che ama. Dopodomani sarà negli ospedali a portare conforto ai degenti del reparto chirurgia. E avanti così. Potremmo stare qui ancora a lungo a descrivere quelle che saranno le sue occupazioni nei prossimi mille giorni, una volta che lei li avrà schematizzati meticolosamente, senza permettere distrazioni di alcun tipo. Per fortuna non lo faremo, oggi ogni secondo della sua giornata è dedicato ad amare l'uomo della sua vita. Sono io, grazie.

Incontrò l'amore. Ma era accompagnato.

Siamo vittime del caso, di un viaggio qualsiasi attraverso percorsi sbagliati che ci portano a mete sbagliate, oppure quando succede qualcosa del genere vuol dire che siamo solo incompetenti. Di certo in quel momento per lui contava solo la certezza che fosse quella, solamente quella, la donna che avrebbe voluto per sempre nella sua vita, ma era anche quella che già stava per sempre nella vita dell'altro uomo.

Conclusione: ci sono meno sistemi GPS nel mondo.

– Vuoi sposarti con me?
– Sì, adesso lasciami dormire.

A volte, nelle relazioni migliori e più durature, esiste quello che possiamo chiamare romanticismo nero – lo disse lei e io l'ho solo trascritto, giuro. Come se – possibilità per niente trascurabile – l'ombra fosse la base per la luce e non il suo contrario: una classica relazione di annullamento reciproco ma invertita, scusate la complessità, spero che qualcuno mi capisca. Alla fine è importante essere pronti a mettere tutto in discussione per capire quanto vale questo tutto, e per farlo non c'è niente di più utile della satira, il lato lunare di ciò che probabilmente è sempre stato diurno.

Conclusione: tutti gli innamorati sono anche dei comici, scusate la ridondanza.

Amava la felicità. Non fu mai corrisposto.

Nessuna creatura è più sarcastica della vita, su questo siamo d'accordo. Se c'è una cosa che non manca in questo pianeta di dei e diavoli, sono le persone che credono fermamente nella felicità senza mai trovarla. E provo pena per questo tipo di persone, mai per le altre, quelle che rimangono calme, pessimiste, in attesa che arrivi una disgrazia. A volte le disgrazie – la legge delle probabilità è infallibile – arrivano per davvero. E loro si lamentano, poveri sciocchi.

Conclusione: il pessimismo è una profezia che, anche se errata, si avvera sempre.

– Sa, dottore, ho una vocazione alla sopravvivenza.

Di sicuro è la propensione più grande che ognuno di noi deve avere. Continuare, tutti i giorni, costi quel che costi, nonostante il dolore, è il più duro degli sport estremi. Tutti i vecchi sono eroi, ma questo non vuol dire che non lo siano anche i giovani: l'atleta che vince la maratona è brillante all'inizio del percorso, a metà e alla fine. Le maratone si vincono a ogni metro, grazie a una gestione attenta, ben pensata, con creatività per rendere il percorso interessante, come le vite si vincono tutti i giorni, con la stessa gestione attenta, ben pensata, con creatività per rendere il percorso più interessante.

Conclusione: essere vivi è una questione di talento.

– Metto in discussione tutto. Un giorno capirò perché.

Non c'è alcuna scienza nelle risposte, per quanto insistano ad affermare il contrario. È la domanda che fa scaturire la scoperta, l'istante di magia in cui qualcuno si prende la briga di chiedere: e se? Un umano che non si prende la briga di chiedere è un umano che non si prende la briga di preoccuparsi, che è come dire un umano che non si prende la briga di vivere. Stare al mondo vuol dire prendersi la briga, dedicarsi a ciò che, di fatto, può cambiarci la vita. E dedicarcisi seriamente, senza paura di interrogare, senza paura di indagare, senza paura di opporsi, senza paura di offendere. Solo i morti non offendono nessuno.

Conclusione: c'è troppa pesantezza nel mondo.

Il problema non è la mancanza di giustizia. Ma l'eccesso di giudici.

E qui non sono proprio capace di concludere niente, che lo faccia chi è in grado.

PERCORSO: s.m. Quello che, al contrario di quanto sostengono i disillusi, non è il tragitto che si fa camminando, ma amando.

«Chi ama riceverà un sussidio.»

Decreto-legge 12/106

In parlamento nessuno voleva crederci ma era stato confermato: il governo, insediatosi da meno di una settimana, aveva appena annunciato, in pompa magna e senza alcuna ombra di vergogna, un piano di azione che comprendeva una direttiva impossibile da ignorare – «urgente» fu la parola usata dal primo ministro quando la illustrò: combattere l'elevato tasso di disamore che, secondo studi e statistiche recenti, si stava impossessando del paese.

«Non si vive senza pane, ma nemmeno senza amore.»

La frase, pronunciata con l'intonazione che i politici danno sempre (o tentano di dare) alle proprie parole, echeggia forte tra tutti i gruppi parlamentari, un mormorio percorre le persone, poche, che assistono allo svolgimento dei lavori. Il dibattito è ufficialmente aperto.

«Quello che sta cercando di fare questo governo è una vergogna.»

Il leader dell'opposizione, visibilmente disilluso dalla vita da quando è stato sconfitto alle elezioni, sembra voler difendere appassionatamente la sua posizione, che è molto semplice: non si ama per decreto.

«L'amore a chi lo pratica.»

Uno dei deputati tenta, per quanto possibile, di prendere la parola nel dibattito, ma la missione è complicata. Non si aspetta, nessuno se lo aspetta, che quel tema possa essere discusso. Non si è mai visto il parlamento della repubblica occuparsi di questioni secondarie come l'amore, quando potrebbe dibattere sull'aumento del salario minimo o sull'importanza di revocare immediatamente il nuovo accordo ortografico, sull'uniformazione della grafia delle parole portoghesi. Una vergogna, ecco che cos'è.

«Ci metteremo a esportare l'amore?»

La domanda, posta con il tono sarcastico di chi pensa di essere brillante e invece è solo stupido, viene da un altro deputato dell'opposizione e riceve immediatamente una reazione unanime: i membri del suo partito applaudono, anche i membri del partito di governo applaudono, e in più sorridono, provocando l'incredulità di tutti gli altri. Se quando vengono attaccati riescono a rimanere gentili, che cosa li farà arrabbiare?

«La politica è amore oppure è una frode.»

È di nuovo il primo ministro che ribatte mentre abbraccia, senza apparente motivo, a uno a uno i suoi ministri e promette di fare la stessa cosa con tutti i deputati presenti in aula.

«L'amore è una cosa fantastica. Tutti dovrebbero averlo.»

È con queste parole che il presidente dell'assemblea, che chiaramente ha un profilo Facebook e legge quelle citazioni avulse dal contesto che pullulano sui social network, decreta la chiusura della seduta in mezzo agli abbracci e ai gesti d'affetto che tutti si scambiano ovunque, senza eccezioni («se non puoi odiarli, amali», era stata la frase chiave di una circolare interna che i grandi partiti dell'opposizione avevano ricevuto dalle loro segreterie).

«Sono egoista: penso con la mia testa.»

E pensava. Era sempre stato un alunno e un professionista straordinario. Non era mai sceso a patti con i potenti che lo adulavano – lui li chiamava «prepotenti» e sosteneva di soffrire di dislessia sociale. Oggi continua a fare esattamente lo stesso, senza piegarsi a niente. Continua a non cedere, continua a pensare proprio quello che pensa e a non vendersi a chi lo vorrebbe comprare. Gli piace autoproclamarsi un «senza paura», nonostante quanti lo incrociano tutti i giorni vicino al viadotto dicano che lui è un «senza tetto».

«Sono un intellettuale geniale: uso occhiali molto grandi.»

E li usava. Di quelli alla moda, molto intelligenti. E maglioni densi, profondi, altamente eruditi. A volte ci si considera intellettuali solo grazie agli indumenti che si indossano. Era proprio il caso di questo pensatore. Passava le giornate a ponderare, a congetturare sul mondo, sulla vita, su tutto ciò che compone l'esistenza umana. Per fare questo era retribuito profumatamente grazie a un sussidio che lo zio, segretario di stato di un ministero qualsiasi, aveva creato apposta per lui. Ogni sera, all'ente pubblico che lo manteneva inviava via e-mail il riassunto della sua giornata di lavoro, che era, né più né meno, sempre lo stesso: tre o quattro selfie, scattati da angolazioni diverse, dei suoi occhiali che a ogni fotografia sembravano più alla moda.

«Sono un critico professionista: non ho mai creato niente.»

E niente. Si lamentava della mancanza di tempo, del tempo atmosferico, del paese, della foschia mattutina, del rumore del mare, dell'odore del cibo, degli errori ortografici, del modo di parlare degli adolescenti, dei nuovi cantanti, della biancheria troppo stretta, dei pantaloni troppo larghi, delle moderne tecnologie, del taglio di capelli dei calciatori, della mediocrità dei politici, di fast food e di tutto il food in generale. Non fu mai visto produrre un suo pensiero, non fu mai sentito pronunciare una frase sorprendente. Nella vita non sbagliò mai. Si vantava di avere una testa brillante. E l'aveva, soprattutto quando stava al sole.

«Sono geniale. Ma i cretini non lo riconoscono.»

E non lo riconoscevano. Forse erano cretini proprio per questo. Deficienti totali. Per lui, l'illuminato, era facile valutare il QI del pianeta: chi non riconosceva il suo inaudito splendore era un cretino. Scrisse romanzi che nessuno lesse, opere teatrali che nessuno vide. "Asini", pensava, quando si accorgeva che nessuno lo leggeva. E continuava a guardarsi riflesso allo specchio pieno di ambizione.

«Adesso sono ricco. Posso rubare in tranquillità.»

E può.

FATICA: s.f. Momento in cui puoi misurare la profondità del tuo coraggio. Chiunque è capace di correre, ma solo alcuni riescono a correre incontro alle proprie paure.

Lei provò pena per lui. Gli diede un buffetto delicato.

«Alla fine con chi amiamo dobbiamo comportarci così: rispondere con dolcezza ai momenti di aggressività», si ricordò di aver pensato mentre ingurgitava con avidità una vodka che aveva trovato nel frigobar della stanza dell'hotel, quando si era ormai ripresa dalla perdita dell'amore della sua vita che era durato appena una mezza dozzina d'anni (quanto dura, in verità, l'amore di una vita intera? ecco la domanda a cui nessuno che io conosca riesce a rispondere).

Aveva conosciuto molti amici. Nessuno era suo.

La vita di una persona privata di un amore che, sebbene morto, si ostina a resistere, consiste nel trasformare il possibile in sopravvivenza. Funziona così: ci si aggrappa a qualcuno che per qualche minuto ci faccia dimenticare chi amiamo e si tenta di trasformarlo in un nuovo amore. È una specie di ipocrisia emotiva, a ben vedere l'unica forma di ipocrisia possibile. Il problema è il tempo. Sempre il tempo. Sempre quell'imbecille di tempo. Il tempo ci consuma. Il tempo sotterra il male e permette al bene di esistere. La storia ha bisogno dell'indimenticabile, non dei deboli e nemmeno dei forti. Si ama ciò che non si dimentica: il resto, e l'ho già detto, non so nemmeno cosa sia.

La vide per caso. «Che fortuna!»

Non si può dire che l'amasse ancora, si può solo dire che amasse ancora sé stesso, e lei era parte integrante di ciò che lui era, di ciò che ancora era dopo così tanto tempo e così tante donne. Con lei non riusciva a smettere di essere sé stesso – l'amore è anche ciò che siamo. Riformulando: tra le cose che vale la pena di essere, l'amore è tutto ciò che siamo.

– Sono confuso.
– Perché?
– Non lo so.

Da quando erano tornati insieme la vita si riassumeva in questo caos perfetto: non facevano niente senza un reciproco consenso, anche se tacito. Non erano dipendenti, avevano solo bisogno, per sapere di essere sulla strada buona, di essere certi che l'altro si sarebbe sentito, lì, lungo quella strada, a suo agio oppure a disagio in una misura accettabile. Vivevano lungo il confine tra caos e sogno, che comunemente si chiama amore.

Finalmente stavano seguendo la giusta rotta: perdersi.

– Persone sempre felici? Che tristezza.

E continua lungo la via, con quell'aria indifferente, arrogante, di chi non ha nulla da perdere – e ancora meno da guadagnare: «Dio me ne scampi e liberi», direbbe se ci stesse leggendo.

– Era quasi vedova.
– Quasi ricca – corregge lei. – Da molto tempo non ho più niente da perdere.

Nessuno sa molto di più su questa donna che tutti i giorni si mette a dormire in quella zona della città. Si sa che è bella da morire e che in tanti hanno già tentato di portarsela a casa. Lei ha sempre rifiutato e ha sempre saputo come difendersi: il capo della squadra locale la fa sorvegliare da uno o due poliziotti per prevenire situazioni spiacevoli.

– Mi hanno colpito al cuore. Per fortuna non ce l'avevo.

Ride ogni volta che racconta questa storia d'amore e di guerra. «Mi perdonerete la ridondanza, vero?» Qualcuno afferma di aver riconosciuto il suo volto sulle riviste dell'alta società. Lei non commenta e prosegue per la sua strada, con il suo vestito d'alta moda consumato e sporco e le sue scarpe con il tacco alto rotte.

– L'amore mi ha ucciso e poi mi ha salvato.

Ha fatto questa uscita di fronte a un gruppo di turisti che passavano di lì, in un inglese perfetto, per non lasciare dubbi, perché tutti sapessero che i mendicanti di questo paese sono mendicanti di un certo livello, che sanno parlare – e chiedere – in varie lingue.

– Ho mostrato loro la mia simpatia. E il dito medio.

Lei è fatta così: non ha paura di esprimere quello che sente quando lo sente. A volte si infastidisce per la mancanza di buona educazione dei più giovani, a volte si infastidisce per la poca voglia di vivere dei più vecchi. E ne ha salvati molti grazie a questo suo modo di porsi, c'è perfino chi dice che il presidente della camera in persona venga a cercarla ogni volta che deve prendere una decisione importante, chissà.

– Tutti vogliono essere ricchi. Poverini.

Disprezza il denaro, per lei è qualcosa di repellente, di abominevole. Probabilmente nella sua vita ha vissuto esperienze che l'hanno portata ad avere questa convinzione. Di certo nessuno l'ha mai vista maneggiare monete o banconote da quando abita lì, in mezzo a quelli che non hanno un posto dove abitare. Vive del cibo e delle bevande che le offrono: «Ci basta mangiare e bere per essere felici, vero?».

– Passata la ricchezza rimangono soltanto i poveri.

E si infila in bocca un altro pezzo di pane, mentre i turisti la guardano come se fosse una creatura esotica, di quelle che non avranno l'opportunità di rivedere mai più. Ed è così.

– Sono geniale. Ma i cretini non lo riconoscono.

E tu: lo riconosci?

Non celebrava i compleanni.
– L'età fa invecchiare – diceva, con un sorriso sulle labbra, a chi gli domandava perché.

La verità è che non aveva la minima idea di quanti anni avesse, non era in grado di fare nemmeno una stima.

Misurava tutto in momenti.
– Fino a oggi ho avuto duecentoventiquattro momenti indimenticabili, per i quali è valsa la pena di vivere. Sono ancora lontano dai mille che mi sono posto come obiettivo da quando ho visto mia madre, che Dio la benedica, morire così giovane davanti a me. Il tempo si misura con ciò che non si dimentica, solo questo.

Non usava numeri.
– La matematica fa invecchiare – spiegava, lui che già era stato uno dei matematici più brillanti del paese, forse del mondo, e che aveva ormai rinunciato a tutto ciò che non fosse una lettera, un gesto o un abbraccio.

– Siamo nati per amare, il resto sono diversivi che, lo confesso, non mi divertono per niente. Mi aspettano tanti momenti indimenticabili da vivere e non posso perdere tempo pensando ad altro – concludeva, senza sapere che stava diventando ossessionato dai numeri come qualsiasi altra persona. Del resto se mille è il numero che si è prefissato di raggiungere, perché diavolo non dovrebbe essere come tutti i disgraziati che tanto criticava?

Alla fine siamo tutti ostaggi di un milione – possono essere euro oppure baci, ma siamo tutti ostaggi di un milione.

– Avevi detto che non ti sbagliavi mai.
– Mi sono sbagliato, rispose lui di fronte alla donna che amava da non più di tre mesi, qualche secondo prima di dirle che sì, l'avrebbe sposata, e di aggiungere di seguito altri numeri, numeri che non ebbe alcun problema a pronunciare, alcun problema a pensare: ventiquattro ottobre, alle dodici. Sì, erano la data e l'ora della cerimonia alla quale furono invitate esattamente quarantasette persone.

– Il problema non è nei numeri, ma nell'uso che se ne fa. Come la vita, ad esempio – spiegava a chi lo voleva ascoltare ma soprattutto a sé stesso, per discolparsi di non aver mantenuto fede a ciò che gli pareva incontrovertibile.

– Mille e cento, appena finiti di accadere e anche di contare – rispose, quando gli chiesero quanti momenti indimenticabili aveva vissuto quel giorno.

GREMBO: s.m. Sinonimo di salvezza. Non esistono eroi senza paura, ne esistono ancora di meno senza amore.

(due storie e qualcos'altro)

Una storia:
«Vorrei delle scarpe che rimangano ben attaccate al terreno», chiese lui in negozio. «Non voglio cadere in tentazione», spiegò.

L'altra storia:
«La vita decide sempre al nostro posto», disse il fifone.
«Sono io che decido la mia vita», disse l'intrepido.
«[...]», disse il felice.

E qualcos'altro:

Trascorriamo i giorni cercando un motivo, senza capire che l'unico motivo sono i giorni.

Come se avessimo bisogno di dare una giustificazione più grande al nostro bisogno di vivere, come se ci ostinassimo in una competizione senza senso, una specie di gioco dell'odio, pieno di avidità, trappole, strane ferite. Non è necessario vincere per essere felici, perché la vittoria non sta nella competizione. Siamo creature che per potersi spiegare hanno bisogno di spazi pieni di silenzio.

C'è chi sceglie la tristezza solo per poter sentire qualcosa.

Non è povero chi ha poco, ma chi sente poco. Riempire i vuoti con altri vuoti non li colma, li moltiplica e basta. Vivo bene grazie alla felicità degli altri, dirà chi è infelice.

Si perde tempo quando si dimentica che non c'è tempo da perdere.

Trattiamo le persone come fossero risorse inesauribili, finché non arriva la data di scadenza. Come si può sopportare qualcosa che, quando finisce, non corrisponde più alle nostre aspettative?

Noi non siamo quello che viviamo, siamo soprattutto quello che ricordiamo, ricordatelo sempre.

Mi ricordo, ad esempio, di aver creduto che l'amore fosse l'unione di due metà uguali, mentre l'amore può essere al massimo l'unione tra due frammenti uguali che unendosi danno vita a un oggetto straordinario. Le Barbie sono assolutamente perfette, ma la bellezza più grande si trova nelle bambole di pezza, un cambio di prospettiva notevole, una lezione: siamo l'unione improbabile di pezzi tra loro diversissimi, che creano un tutto che incredibilmente riesce a funzionare.

E quelle persone che vogliono sempre avere ragione? Poverine, solo quando capiranno di aver sprecato la loro vita avranno ragione davvero.

Di sicuro c'è solo il dubbio, il mutamento, la trasfigurazione. Si chiama incoerenza ma non è nient'altro che libertà. Nessuno vive in totale libertà, ma è anche vero che nessuno vive senza libertà.

Non siamo quello che facciamo, ma quello che facciamo deve rispecchiare quello che siamo.

Io sono umilmente arrogante. Ogni giorno pretendo di essere il migliore al mondo in quello che faccio. Soprattutto quando fallisco, e fallisco molto spesso, ogni volta fallisco meglio. La felicità è trovare, giorno dopo giorno, il fallimento che meglio ci si addice, non una maniera per evitarlo.

L'ironia della felicità è che spesso nasce da ciò che non abbiamo raggiunto, e ancor più che da ciò che abbiamo realmente raggiunto. Quando ti ho conosciuta stavo cercando la donna perfetta, meno male che non l'ho trovata.

1.

«Non si soffre mai per amore ma solo a causa della sua mancanza.»

La frase, scritta sul muro della facoltà, era rimasta impressa nella sua memoria: di cosa parliamo quando parliamo di ciò che ci manca?

– Vuoi essere indispensabile per sempre?

Domandò lui quando la vide. Non sapeva che avrebbe fatto quella domanda, non gli era mai venuta in mente una cosa del genere, ma quando lei passò, con quell'aria da ragazzina ingenua che sapeva tutto, fu quello che gli uscì, come se fosse possibile parlare senza pensare, e lo è.

Nulla di ciò che è prezioso in questa vita è stato prima pianificato.

– Quando vorrai essere la donna della vita di qualcuno ricordati della mia, va bene?

Poi si voltò senza aggiungere una parola, lei in silenzio, la bocca aperta, e si diresse verso l'oreficeria sulla strada principale, quella dove ordinò la fede nuziale che avrebbe scambiato con lei oppure che sarebbe rimasta per sempre lì, in quel negozio dove adesso stava dando indicazioni ben precise:

– Se dovessi venire a ritirare la fede senza essere accompagnato da questa donna, non consegnatemela.

Mostrò una fotografia della ragazza, firmò una dichiarazione che riassumeva le sue volontà, pagò quello che c'era da pagare, proseguì per la sua strada in mezzo alla moltitudine.

2.

«L'amore non è una costruzione immobile: si muove quando qualcosa si muove dentro di noi.»

Questa fu una delle frasi che il suo avvocato pronunciò nella dichiarazione finale di fronte al giudice durante il processo, salito agli onori della cronaca come il caso della fede nuziale senza proprietario. Un uomo, lui, cercava di riavere, dall'oreficeria in cui l'aveva ordinata, la fede che voleva dare alla donna della sua vita.

«Contro i fatti non ci sono argomentazioni.»

Il giudice concluse il suo verdetto con la solita frase fatta. La fede nuziale poteva essere consegnata solo alla donna raffigurata nella fotografia, e questo era scontato, come spesso diamo per scontate troppe cose.

3.

«Non si ama mai un'apparenza, soltanto ciò che appare in noi.»

Lui non pronunciò queste parole, nemmeno l'avvocato le pronunciò, non le pronunciò nessuno. Fu quello che pensò quando, nell'oreficeria, con al fianco una donna uguale alla donna della fotografia e del contratto che aveva firmato molti anni prima, ritirò finalmente la fede e la infilò al dito di lei.

«Venduto.»

Rispose qualche giorno dopo, quando ricevette una proposta d'acquisto per la casa dei genitori e per l'automobile, denaro sufficiente per pagare almeno in parte la chirurgia plastica a cui la donna della sua vita aveva dovuto sottoporsi per essere considerata tale.

«C'è chi ama un miraggio, e lo ama talmente tanto da farlo diventare realtà.»

Si può leggere adesso sul muro della facoltà.

4.

«Contro i fatti non ci sono argomentazioni, ma c'è l'amore.»

La coppia decise di scrivere queste parole sulle partecipazioni di matrimonio, inviate con molta tenerezza alla famiglia, agli amici e a un giudice.

«Siamo l'ordine che creiamo. C'è chi non è mai stato felice solo per mancanza di organizzazione.»

La paura. Il lupo sanguinario: quanti sogni sono morti tra i suoi denti?

– Voglio salire.
– E se cadi?
– È esattamente per questo che voglio salire, per correre il rischio di cadere. Solo la caduta ti insegna a vedere il mondo da vicino.

Non bisogna temere la fine. Non bisogna neanche prenderla troppo sul serio. Alla fine tutto arriverà a una conclusione, per questo si chiama fine. Bisogna temere il percorso: è durante il percorso che si prova dolore. Non è morire che è insopportabile, quando la morte arriverà mi troverà vivo, mi basta sapere questo per tirare un sospiro di sollievo.

«Sono la differenza tra colui che è nato e colui che morirà. Nel mezzo sta la virtù, e anch'io.»

– Oggi mi sono fatto male.
– Ottimo.
– ...
– Povero chi non è capace di dire la stessa cosa.

La vita ferisce. Ciò che non ferisce non è vita. Un vincitore è un testardo resistente al dolore, nient'altro. Chi per tutta la vita ha evitato il dolore è nato morto.

«Sono la differenza tra la pace e l'inquietudine. Nel mezzo sta la virtù, e anch'io.»

– Oggi sono ansioso.
– Approfittane.
– ...
– Povero chi non è capace di dire la stessa cosa.

Desiderare è vivere. Siamo vivi quando desideriamo, quando desideriamo molto, quando desideriamo disperatamente, quando il cuore e le gambe e il corpo tutto si immobilizzano per il troppo desiderio. Solo chi desidera altro da questo può morire.

«Sono la differenza tra l'ansia e la soddisfazione. Nel mezzo sta la virtù, e anch'io.»

– L'amore.
– Cosa?
– Basta lui. Basta averlo.
– L'amore.
– Questo bastardo. Questa bestia.
– ...
– Ci asfissia, ci controlla, ci domina.
– Fortunato.
– L'amore?
– Tu.
– ...
– Sono pochi quelli che riescono a descriverlo così.
– Mancanza di parole?
– Mancanza di amore.
– Poverini.
– Poverini.
– Viva l'amore.

– Viva.

Tutto questo per dirti che desidero, che bramo, che ho bisogno. Non per sopravvivere: entrambi sappiamo che la sopravvivenza è sopravvalutata. La sopravvivenza è una merda, così piccola, così insignificante, così mediocre. Per godere. Per questo. Per godere. Voglio godere di te in me, lasciarmi godere da te. Può non essere romantico, può non essere poesia. Ma è la vita. La vita si gode, è tutto. Vuoi goderla con me?

«Sono la differenza tra la tua pelle e il mio segreto. Nel mezzo sta la virtù, e anche tu.»

GREMBO: s.m. Parte del corpo che, nonostante non esista a-natomicamente, alimenta tutti i movimenti corporei. Ciò che ci permette di vivere raramente appare nelle radiografie.

Sono sottomessi al destino solo quelli che passano la vita cercando di fuggirlo.

– Io non fuggo da nessuno, che ti sia chiaro, Batman.

In quel pomeriggio piovoso, l'ubriaco si era rivolto così alla suora che aveva di fronte, e tutti i presenti si misero a ridere, come se per qualche secondo la vita non avesse nessuna conseguenza.

L'unica conseguenza della vita è che prima o poi finisce. Cerca di non finire prima di lei.

– Hai l'obbligo di non vivere come se vivere fosse un obbligo. Il novanta per cento del mondo vive come se stesse lavando i piatti. E il restante dieci per cento è pazzo. Adesso scegli.

Questa volta chi gli passò accanto non rise. Un uomo con una ventiquattrore in mano e una corda al collo (la chiamano «cravatta», giusto?) abbozzò, per due o tre secondi, un sorriso, ma non andò oltre. Qualche metro più avanti, protetto dagli occhiali da sole, pianse per due minuti e mezzo come un bimbo. Furono i due minuti e mezzo più felici della sua giornata.

Anche se non lo vuoi, puoi essere felice solo quando smetti di avere paura di provare emozioni. Fino a quel momento sei una specie di animale dello zoo, nient'altro.

– Anch'io ero un tipo misurato, ma ho capito in fretta di essere soltanto un tipo senza futuro. Che vada a farsi fottere la misura, lei e non io.

Bevve un altro sorso dalla bottiglia che portava come fosse un trofeo, si sedette vicino all'entrata della banca esibendo un piccolo foglio di carta su cui era scritto: «OBITORIO».

– Si muore solo a causa della paura. Fanno più vittime i prestiti bancari che i colpi di arma da fuoco.

Nessuno gli badò finché non cominciò a distribuire decine, centinaia di banconote che tirava fuori dallo zaino sudicio.

Uno dei mali peggiori del mondo è dare attenzione a chi elargisce denaro.

– Meno male che siete arrivate, signore guardie. I ladri sono là dentro. Prendeteli finché siete in tempo.

La polizia, però, non aveva nessuna intenzione di arrestare i banchieri come l'uomo avrebbe voluto. Era lì proprio per lui.

Una volta la polizia arrestava i ladri, ora obbedisce loro.

– Potete pensare che mi hanno arrestato, ma in realtà sono libero. Potete pensare che provano pena per me, ma in realtà provano invidia.

Mentre saliva sulla volante, con le manette ai polsi e una folla di curiosi che lo guardava (perfino quelli che, senza battere ciglio, si erano impossessati delle banconote che aveva distribuito poco prima), sembrava l'uomo più felice del mondo, il sorriso aperto, lo sguardo fiero, come se la realtà fosse diversa da quella che stava accadendo.

Viviamo quello che sentiamo, il resto è un inganno.

– Colpevole – rispose quando il giudice gli chiese come si dichiarasse in merito all'accusa di disturbo dell'ordine pubblico.

L'ordine è il caos ragionevole, la dittatura accettabile e quindi accettata. La storia si ricorda solo di chi un giorno non ha rispettato le regole, ricordatelo.

– Lei è libero.

– Lo so. È lei che non lo è, vostro onore. Mi dispiace molto.

Si avvicinò al giudice, gli prese la testa e la avvicinò alla sua spalla con l'intenzione di accarezzarlo prima che gli agenti della sicurezza riuscissero a intervenire. Non fece in tempo.

In pochi riescono a dare affetto prima dell'arrivo della sicurezza. La stragrande maggioranza delle felicità non si avvera per una questione di sicurezza. Rischiare dovrebbe essere una questione di sicurezza: l'uomo prevenuto sente a metà, o nemmeno quello.

– Procediamo alla lettura del testamento.

Era morto da tre giorni in un angolo qualsiasi, anonimo come sempre, e solo allora si era capito che si trattava dell'unico erede di una delle famiglie più ricche del paese. «Lascio, per una questione di elementare giustizia, tutta la mia fortuna ai poveri», lesse l'avvocato. «Tutto il denaro, pertanto, sarà donato ai banchieri.»

1.

La maturità non è trovare le risposte, ma trovare le domande giuste.

– Perché? Perché? Perché?

I bambini chiedono finché non riescono a sapere, sono insistenti fino a raggiungere i loro obiettivi, giocano fino a stancarsi, vivono fino a stramazzare al suolo dal tanto vivere – e ancora li chiamano infantili. Infantile è non amare, scriviamolo sui muri e sulle pareti della città, sui muri e sulle pareti di tutte le città – di tutti i mondi, direbbero i più piccoli, stanchi di sapere che spesso è necessario vivere in altri mondi per riuscire a sopportare questo.

– Perché? Perché?

E ancora li chiamano infantili.

2.

Quando il tempo passa, cerca di non passare anche tu: le persone spesso se lo dimenticano.

– Passo il tempo a dirtelo. Non so come mai non lo hai ancora capito.

Gli adulti si riempiono di regole, di nozioni imparate a memoria, su come le cose devono essere perché non va bene che siano in un'altra maniera. L'unica cosa che non va bene è non amare, trascorrere il tempo a vederlo passare, nascondere un piacere dietro una paura. Al diavolo ciò che non va bene, è proprio ciò che ci fa stare male, scriviamolo sui muri e sulle pareti della città, sui muri e sulle pareti di tutte le città – di tutti i mondi, direbbero i più piccoli, stanchi di sapere che spesso è necessario vivere in altri mondi per riuscire a sopportare questo.

– Perché? Perché?

E ancora li chiamano infantili.

3.

Prima di crescere credevo nell'amore eterno, adesso lo vivo.

– Ti amo per impedirmi di crescere.

Gli innamorati sono brave persone, le uniche brave persone di tutto il pianeta. Quando qualcuno è innamorato lo è in tutto e per tutto. Per questo resiste alle ferite, ai ritardi, alle mancanze, alle perdite. Un innamorato resiste alla vita: non vedo, del resto, un altro modo di resistere alla vita. C'è chi crede che sia possibile sopravvivere senza amore, ed è così: senza amore si può solo sopravvivere, abitare uno spazio di antieuforia, di antiemozione, e quindi anche di antidepressione o di antidisillusione, per quanto poco possa valere. Ci deve essere un qualche motivo più grande dell'amore per essere vivi, ma io non lo conosco, scriviamolo sui muri e sulle pareti della città, sui muri e sulle pareti di tutte le città – di tutti i mondi, direbbero i più piccoli, stanchi di sapere che spesso è necessario vivere in altri mondi per riuscire a sopportare questo.

– Perché? Perché?

E ancora li chiamano infantili.

4.

Il problema del mondo è che ci sono troppi adulti.

– Sono ossessionato dalle monete, soprattutto da quelle di cioccolato.

C'è chi assegna al denaro un ruolo da protagonista nella propria vita, ma non è così. Il denaro puzza, è una porcheria senza eguali. I ricordi sono fatti di orgasmi e di cioccolato. Guarda immediatamente alle tue spalle, a quello che hai vissuto, e chiediti: in qualcuno dei tuoi momenti indimenticabili non c'è traccia di cioccolato né di orgasmi? Se sì, dimenticali: questi momenti indimenticabili sono una schifezza. Devi crearne di nuovi, di seri. Vai, vai, non perdere tempo. Prima di amare una persona o di scartare una scatola di cioccolatini siamo soltanto dei subumani, scriviamolo sui muri e sulle pareti della città, sui muri e sulle pareti di tutte le città – di tutti i mondi, direbbero i più piccoli, stanchi di sapere che spesso è necessario vivere in altri mondi per riuscire a sopportare questo.

– Perché? Perché?

E ancora li chiamano infantili.

5.

– Quando sarò grande voglio esattamente qualsiasi cosa tu voglia.

E tu, che cosa vuoi?

COMBATTENTE: s.m. Colui che dà tutto sé stesso durante il suo viaggio, anche se si tratta di un viaggio sbagliato.

– Calma, non ho assolutamente la situazione sotto controllo.

Rispose lui quando gli domandarono cosa diavolo stesse facendo abbracciato a una perfetta sconosciuta in mezzo alla strada.

– Senza stress. Non so cosa sto facendo.

Rispose lei quando le domandarono cosa diavolo stesse facendo abbracciata a un perfetto sconosciuto in mezzo alla strada.

– L'ho vista e l'ho amata, non vedo cosa ci sia di così difficile da capire.

Niente, non dovrebbe esserci niente. Si ama e basta: cosa c'è di difficile da capire? Si cerca, si indaga, si prova a trovare un motivo per spiegare qualcosa che esiste senza un motivo – o apparentemente senza un motivo. Si ama senza motivo, non vedo cosa ci sia di così difficile da capire.

– L'ho appena conosciuto e adesso conosco meglio me stessa.

Lei sa di cosa sta parlando: l'amore serve a non farci più riconoscere in ciò che credevamo di essere. L'amore è, diciamo, un incontro, e per questo è anche una perdita. Nessuno sa come comportarsi di fronte a qualcosa che non conosce. L'amore insegna, ci fa scoprire nuovi stadi di noi stessi. Finché non arriva l'amore, tutto è controllabile, tutto è prevedibile. E adesso che è appena arrivato non si sa cosa possa succedere. Che meraviglia, vero?

– Viviamo insieme da tre minuti e da sempre.

Il tempo è una costruzione razionale e arcaica. Il tempo in cui si ama non si conta, il tempo in cui si ama si ama e basta. Non mancano storie di persone che hanno vissuto insieme per decenni senza mai vivere insieme veramente. Vivere insieme vuol dire amare insieme, sentire insieme, attraversare la vita – il tempo, ecco – insieme. In una manciata di minuti ci può essere più amore che in una vita intera. Quando ti sentirai felice e controllerai l'orologio per sapere quanto tempo sei stato felice, puoi stare sicuro che in realtà non lo sei mai stato.

– Sei la dipendenza più bella del mondo.

Lei ha ragione a dire così: le dipendenze tendono a essere cose orribili, come siringhe o bottiglie di vino. Questa dipendenza è interessante, più di un metro e ottanta di interesse. L'amore è la dipendenza buona, nonostante gli esperti in indipendenza dicano il contrario. O sei dipendente dall'amore che ami o sei dipendente dall'indipendenza. Perso per perso preferisco la prima opzione, se non altro perché contempla la possibilità di avere un orgasmo, cosa che, anche se non sembra, ha la sua importanza. Siamo creature che hanno bisogno le une delle altre, questa è l'essenza di ciò che tutti noi siamo, e felicemente. Aver paura di aver bisogno è aver paura di essere. Ho bisogno di te, di tutti i te che abitano la mia vita, per comprendere meglio me stesso, per avere più bisogno di me. Chi non vede questo non vede niente, o almeno non sente niente.

– Conosciamo il manuale dell'amore sano. Lo abbiamo fatto a pezzi poco fa.

Questa volta i due parlarono all'unisono, come se prima si fossero preparati – e forse si erano preparati davvero, chi lo sa. L'unica cosa certa è che succede sempre così: alcuni insegnano l'amore sano, altri lo vivono. Quello che ci fa desiderare di essere vivi non è mai sano. Siamo vivi per sentire quello che nessuno ci può raccomandare, è la nostra forma di egoismo, siamo tutti egoisti con ciò che ci fa bene – e proprio per questo lo condividiamo con gli altri, per poterlo sentire ancora più in profondità, ancora più a lungo, grazie a un altruismo egoista, o a un egoismo altruista, o come volete chiamarlo, basta che ci contagi, basta che ci tolga il respiro, basta che dia un senso qualunque a ciò che, senza, non avrebbe alcun senso. Un bacio con la lingua in mezzo alla strada, una cioccolata con molto zucchero durante la giornata. Dipendiamo da ciò che fa male, e chi non ha il coraggio di provare ciò che fa male fa effettivamente male: fa il male. Perché rimane amareggiato, frustrato, irrealizzato. Abbiamo bisogno, di tanto in tanto, di correre qualche rischio per essere sicuri di essere sulla strada giusta, perfino per sentire che una strada giusta esiste. In ogni momento giusto che vivi è presente una dose elevata di sbagli.

– Quando vivrò andrò in paradiso.

E ci andarono, e si trovano ancora là.

– Nulla sminuisce di più un umano della necessità di essere diverso. Lo straordinario risiede nel tuo modo di vivere la banalità.

C'era una volta un uomo che, più conosceva persone che gli piacevano, più conosceva meglio sé stesso. Alla fine è così che ci accorgiamo di chi siamo: quando ci accorgiamo delle persone che ci piacciono. Amiamo ciò che siamo, forse così si capisce meglio la logica di questo discorso, nonostante sia un discorso senza alcuna logica.

– Vedo te per vedere meglio me.

Credeva che vedere fosse un processo emozionale, e lo dimostrava facilmente: «Trascorro tutte le mie giornate lungo la stessa strada e non c'è mai nessuno, ma un giorno questa cosa mi fa pensare, un altro giorno mi fa ridere, un altro mi fa piangere, un altro mi fa danzare». Vediamo quello che siamo. Meglio ancora: quello che siamo in quel preciso momento. Non è la vita che ci fa accadere, siamo noi che accadiamo in mezzo alla vita che accade. Siamo prigionieri di una specie di libertà, di una specie di specie. Siamo una specie di specie, personalità appartenenti ad altre persone. Amiamo per poterci sopportare e solo l'assenza di amore ci rende insopportabili. Siamo mattoni instabili di una costruzione fittizia. Non esiste niente che possa renderci felici, e meno male. La felicità è astratta, ma in concreto è una montagna di stronzate. Un essere immerso nella realtà non è mai fuori di sé, che vita triste.

– Essere realisti è ingenuo, un'utopia. Un realista è un sognatore al contrario, qualcuno che pensa di potersi adattare a sé stesso solo perché è piccolo.

L'uomo di cui stiamo parlando non ha mai creduto in ciò che è reale: non conosce nemmeno il concetto di esistente, che sarebbe come dire che è un poeta, che sarebbe come dire che è innamorato del mondo. Essere innamorato del mondo vuol dire stare sempre di fianco all'abisso, al limite della disillusione. Svolge una professione dalle nove alle cinque, nella quale cerca di infondere la stessa poesia con cui lava i piatti nel ristorante dove lavora. In lui c'è una speranza cupa, come se riuscisse a trovare un verso in ciò che gli altri considerano solo routine. Amare vuol dire trovare un verso in ciò che gli altri considerano solo routine. Amare tutti i giorni può essere faticoso per chi non ama.

– Mi ferisce dover avere bisogno dell'emozione, ma è proprio questa che mi sostiene.

La sua vita non è stata facile: ha perso amori, ha perso sogni, ha perso quello che avrebbe potuto essere. Per questo lui è ciò che è. Non ha l'ambizione di lasciare il ristorante, nemmeno di smettere di lavare piatti: lì riesce a pensare mentre le mani, meccanicamente, fanno il lavoro per cui è pagato. Ha già pensato a più di mille modi per essere felice – soltanto oggi, chiaro. Nelle ore che gli rimangono proverà a metterne in pratica alcuni, per quanto complicati possano sembrare. Per prima cosa, senza perdere tempo, dirà alla donna che ama che la ama: se tutti lo facessimo, questa topaia sarebbe molto più ospitale.

– Ti amo nonostante tu sia perfetta.

E lei rise quando lesse il messaggio che le era arrivato sul telefonino, rise anche il paziente che si trovava con lei, aveva capito che le era arrivato l'amore, e si può solo sorridere quando l'amore, anche se per interposta persona, arriva nelle nostre vite. Questa dottoressa si sente una privilegiata perché è innamorata, e perché diavolo non dovremmo esserlo tutti? Conoscere qualcuno che ama dovrebbe essere motivo di felicità – e per quel paziente lo era: uno dei suoi passatempi preferiti era uscire in strada per vedere l'amore. Trascorreva ore ad ammirare chi si amava senza smettere di piangere, felice, vedendo tutte le coppie che si baciavano, tutte le madri che abbracciavano i figli, tutti i padri orgogliosi dei propri ragazzi, tutti i nonni che celebravano la vita nei passi dei loro nipoti. E lui lì, realizzato grazie alla realizzazione degli altri. Se fossimo felici per la felicità degli altri non passeremmo un solo giorno senza essere toccati dalla felicità.

– Sei il miglior modo per essere finito.

Gli rispose. Lei sorrise, il paziente sorrise: amare è un sorriso senza motivo, solo questo. Ed è tutto.

COMBATTENTE: s.m. Si dice di un individuo che rinuncia a tutto in nome di una verità. La domanda è: come si chiama chi rinuncia a tutto in nome di una menzogna?

E sua madre, come sta? domanda la signora della pasticceria.

Come hai potuto morire e lasciarmi senza risposte, madre? Le madri servono per darci risposte, poco altro, e ovviamente per essere amate. Ti ho amata come dovevo, madre, vero, vero, vero?

Esco fuori a correre, il mondo va avanti senza mia madre dentro, che senso ha tutto questo, qualcuno me lo può spiegare?

La signora della pasticceria sente la tua mancanza, andavi a trovarla e quando entravi ridevi, i vicini passavano e ti salutavano.

Attorno a me non voglio tristezza.

E ridevi, c'è sempre un motivo per ridere, per quanto sia nascosto, era possibile non volerti bene, madre?

Arrivare a casa e tu non ci sei, non si arriva mai a casa quando l'amore non c'è più, le case sono fatte d'amore, non di pareti.

La tua stanza intatta. Papà non riesce a spostare nulla, e neanch'io ci riesco, rimarrà così finché riusciremo ad avere un coraggio che nessuno di noi ancora conosce.

Quando muore una madre muore anche più della metà del nostro coraggio.

I tuoi vestiti, eri così vanitosa, uscivi in strada sempre ben vestita.

Dio non voglia che io esca di casa senza essere pronta, figlio mio, quando usciamo dobbiamo uscire come si deve, uscire senza paura, Dio non voglia che io esca di casa se non sono perfetta.

Io esco, madre, adesso esco, madre, tutti i giorni esco in strada senza di te, ti porto dentro alla mia malinconia, dentro al mio bisogno, in pasticceria, al caffè, al supermercato.

E sua madre, come sta?

Non c'è, non ci sei, te ne sei andata e in me è rimasta la tua presenza, il dolore è rimanere con qualcuno che non c'è più, vero?

Ci sediamo a tavola, papà piange, io piango.

Tua madre era la cuoca migliore della storia dell'umanità.

Come minimo della storia dell'umanità, io credo che fosse la migliore di tutte le storie della storia, caro padre, adesso devo occuparmi di te, ti renderò il vedovo più felice di sempre, o meno infelice di sempre.

Non esiste felicità se l'amore di una vita se ne va dalla nostra vita mentre siamo ancora vivi, vivi per modo di dire, difficilmente si vive se la donna della nostra vita ci ha lasciati prima che la nostra vita fosse finita.

È vero, papà, la mamma era la migliore cuoca che il mondo abbia mai conosciuto, che tutti i mondi abbiano mai conosciuto, si chiudeva in cucina e in mezz'ora preparava un vero e proprio banchetto.

Lascia che ti aiuti.

E non mi lasciava.

Pensi che io sia vecchia?

Volevo risparmiarti, mamma, volevo preservarti per le cose belle della vita. Il cinema, adoravi i film d'azione.

Odio stare ferma a guardare uno schermo fermo, ho bisogno di muovermi, anche solo dentro di me. Le passeggiate con i miei figli. I miei nipoti devono essere persone prima di essere esperti in qualcosa, ci sono tante persone intelligenti che valgono così poco.

E passavi ore a insegnargli il significato dell'umanità.

Una volta hai trascorso un intero pomeriggio a insegnargli il rispetto, li hai portati in un quartiere povero, li hai fatti parlare con gli amici che avevi là, gli hai fatto fare amicizia con ragazzini che non avevano niente ed erano così felici.

Avete visto come hanno saputo trasformare quello che non hanno mai avuto in un'opportunità per poter andare oltre?

Quando sono tornati a casa, si sono seduti a tavola e ci hanno raccontato tutto. Hanno riso, poi hanno pianto ricordando il momento in cui avevano lasciato quei nuovi amici in specie di baracche.

Quando sarò grande voglio essere una persona, ha detto uno.

Quando sarò grande voglio amare, ha detto l'altro.

È questo che mi hai insegnato, ed è per questo che sono qui, adesso, insieme a te, insieme a papà, insieme a quelli che amo, per celebrare la tua esistenza anche se il tuo corpo non è più tra noi.

E sua madre, come sta?

E io rispondo che sta bene, grazie.

È nel nostro cuore.

Ed è felice, no?

(manuale di psicologia per folli)

1. Solo ciò che miglioriamo ci può migliorare.
La vita è quello che tocchiamo, poco altro. Quello che tocchiamo non è, non è mai, solo ciò che la pelle tocca. Quello che tocchiamo è ciò che ci tocca, che ci rivolta da dentro, che ci insegna a sentire. L'esperienza serve a sentire in maniera migliore – e a rimanere immuni da ciò che non deve essere sentito. Ovvero: da ciò che non ha senso. Essere una persona vuol dire migliorare: avere il coraggio di migliorare. Il resto non ha importanza. Passare attraverso la vita senza migliorarla è un peccato imperdonabile. Si sopravvive a tutto tranne all'assenza di qualcosa che ci salvi. Ci salva quello che noi possiamo salvare, come se nascessimo al contrario. Abbiamo un mondo completamente distrutto da ricostruire, ed è per questo che siamo qui: per ricostruire, giorno dopo giorno, questo e quello, e poi quell'altro, per fare in modo che il nostro pianeta – lo spazio nascosto che abitiamo – diventi meno insopportabile. Ci supporta quello che non riusciamo a sopportare – e che perciò miglioriamo. Senza paura. O meglio: pieni di paura ma anche di coraggio, anche perché non esiste l'una senza l'altro. Siamo la paura che avvertiamo, sì, ma siamo, ancora di più, la paura che superiamo. Non c'è niente di peggio che non avere una paura da superare. Cerca instancabilmente qualcosa che ti faccia tremare. Chi non ha mai tremato non è mai esistito. Esistere è dubitare, su questo non ho alcun dubbio.

2. Le parole servono a poco o a niente quando chi ti sta di fronte è sordo.
Prima di pensare a cosa dire fai attenzione a chi dovrà ascoltare. Il percorso corretto è questo, non l'inverso: capire chi ti dovrà ascoltare e solo successivamente preoccuparti di quello che vorrai fargli ascoltare. La comunicazione va da là a qua: da chi ascolta verso chi parla. È chi ascolta, e non chi parla, che decide cosa deve essere detto. Sensibilità, complicità, una relazione è questo, soprattutto questo: capire chi ci ascolta e usare la lingua che chi ascolta riesce a decodificare. Per amare bene bisogna decifrare. L'amore felice è l'amore che sa guardare, pensare, esitare, a volte perfino desistere prima di parlare. C'è chi fa finire un amore per una parola di troppo, c'è chi fa finire un amore per una parola di meno – e alla fine si tratta della stessa cosa: gli amori finiscono, molto spesso, per l'incapacità di ascoltare l'altro. E, anche se sembra il contrario, la colpa non è di chi non ascolta, ma di chi non ha saputo farsi ascoltare. Quando un amore finisce c'è una doppia sordità. Una è causata dalla mancanza di amore, è un dato di fatto, ma l'altra è solo mancanza d'intelligenza. Non essere stupido.

3. La grandezza di un uomo si vede dall'atteggiamento che ha verso le cose più facili.
Gli atti più eroici non compaiono nei libri di storia. Nei libri di storia non ci sono neanche gli atti che l'hanno cambiata. Si trovano, nella migliore delle ipotesi, gli atti più vanitosi del mondo. Ciò che veramente altera la faccia della terra è il mondo piccolino, il mondo che si vede soltanto grazie al microscopio, o grazie all'emozione (e sono assolutamente la stessa cosa: l'emozione è vedere al microscopio). Ciò che cambia il mondo è la persona che sei nel momento in cui incontri la persona che l'altro è. Siamo la somma inesatta (e astratta) dei gesti più piccoli che siamo capaci di compiere, e ancor di più di quelli che siamo capaci di evitare. Chiunque è in grado di fare quello che deve essere fatto, ma sono rare – e cambiano il mon-

do – le persone che sono in grado di non fare quello che non deve essere fatto. Far sapere a tutti quello che hai fatto non è illuminare il mondo e non è nemmeno, pensa un po', nascondere il sole con un setaccio. Ma è, tienilo bene a mente, nascondere il sole con una montagna di presunzione. Nessun vanitoso è capace di amare: è capace solo di amarsi (e capita di aver bisogno degli altri per potersi amare meglio).

CONFORTO: s.m. Una delle più grandi impossibilità umane: o sei inconsolabile oppure sei morto.

Quanti continuerebbero a essere onesti se non esistessero le prigioni?

L'onestà è una questione di apparenza, nonostante la nostra tendenza a pensare che non sia così. È il lato buono – il lato bello, se vogliamo tenere conto dell'estetica della vita – delle apparenze: quanti non hanno mai commesso il male perché non gli conveniva? Agiamo in nome di quello che sembriamo e non c'è niente di male in questo. Il bello ci opprime, ma allo stesso tempo ci indica la strada. Temiamo la fine della vita perché raramente riusciamo a vedere la bellezza in ciò che è vecchio. Ne amiamo l'inizio perché è l'annuncio di molte cose belle: un bacio, un abbraccio, le scoperte. In tutta onestà possiamo dire che siamo ossessionati dagli inizi. Spesso ciò che gli altri vedono in noi ci fa essere quello che non siamo, anche quando, se il sintomo persiste, finiamo per esserlo davvero. In realtà siamo tutti personaggi fittizi, marionette di desideri, propri o altrui. Siamo attori venduti, autori frustrati, automi inguaribili dalla volontà.

Solo colui che riesce a fuggire dalle sue volontà è veramente libero.

È chiaro che è una buona cosa essere soddisfatti, oh, certo che lo è. È chiaro che ci sono orgasmi che ci salvano la vita, o che perlomeno ne ritardano la fine. Ma è necessario, con regolarità, essere liberi di rinunciare alla libertà che uccide: una libertà assistita. Chiunque può giustificare un errore con la libertà, pensando di salvarsi da una prigione annunciata, ma chi non resiste alla libertà oscura è il meno libero. Ciò che imprigiona è il vizio, nonostante ci faccia sentire liberi. Un uccello che vola prima di imparare a volare non è un uccello libero: è un uccello morto.

Siamo ciò che ci piace ma, ancor di più, siamo ciò di cui abbiamo paura.

Sei ciò che ti fa tremare. Questo ti differenzia dagli altri, da chi sta al tuo fianco. Guardalo con attenzione. Solo questo: guardalo bene. Adesso pensa: cos'è che teme? Solo quando lo scoprirai lo saprai veramente. Il segreto è ciò che ci separa dalla massa, ciò che rimane nel sottotesto dell'apparenza. Quasi sempre è visibile solo ciò che è sopportabile, ma eccezionalmente anche ciò che ci supporta. C'è chi ha vissuto una vita intera con uno sconosciuto senza saperlo. Sappiamo bene cosa piace a chi amiamo, meno bene cosa non piace, quasi per niente quali sono le sue paure. Questa è una delle nostre fragilità: stare in mezzo a ciò che ci può spaventare. Senza dubbio avremmo potuto sapere molto di più, conoscere molto di più ma, è chiaro, abbiamo paura. Siamo soprattutto ciò che abbiamo paura di sapere di essere. Siamo soprattutto ciò che abbiamo paura di essere.

Quando gli chiedono di mostrare chi è, l'idiota apre il portafoglio mentre il saggio apre la mente.

La saggezza è la consapevolezza degli strati che ci dividono: il saggio capisce, l'idiota deforma – forse è questa la ragione per cui siamo capaci di trovare, nella maggior parte dei casi, una felicità alla nostra portata. La felicità è, probabilmente, una deformazione incosciente della realtà: una specie di intelligenza cieca, o perfino stupida. La lucidità è impegnativa e non ha niente di allegro. Solo chi è vuoto trova lo spazio per accogliere tutta la merda con cui dobbiamo convivere, la merda che dobbiamo assimilare. La differenza tra un saggio e un genio sta in quello che sono in grado di fare con quello che sanno. Il saggio vede la realtà e ne è schiacciato, il genio vede la realtà e la trasforma. È così che nascono l'arte e l'amore. Sì, solo l'amore è geniale. Perfino un idiota lo sa.

(i dieci comandamenti degli innamorati)

1. Solo ciò che fa di tutto per non farti piangere mai merita le tue lacrime.
Piangere, quando si ama, è sempre una questione a due. Così come ridere, quando si ama, è sempre una questione a due. Uno sente ciò che l'altro sente – o, se non lo sente, desidera sentirlo, e lo desidera talmente tanto che finisce per sentirlo ugualmente. Quando guardi un innamorato in realtà vedi due persone. Altrimenti non è amore.

2. La vita è un atto di coraggio. Tutto il resto è un di più. Amare è un atto di coraggio. Nessun amore sopravvive alla paura, ma nemmeno alla sua mancanza. Si ama sempre con paura e con coraggio. Amare è tremare e continuare ad andare avanti con passi tremanti e sempre più sicuri. Altrimenti non è amore.

3. La meta non è un punto di arrivo, è un percorso.
Si vive ciò che si attraversa, non ciò che si raggiunge. Tu sei la strada che hai fatto, molto più del luogo in cui la strada termina. Si ama ciò che si percorre insieme. Altrimenti non è amore.

4. Solo chi gode del tempo ne può sentire la mancanza.
L'amore rende eterni e mortali allo stesso tempo. Altrimenti non è amore.

5. L'errore più grande è fare solo quello che pensi di riuscire a fare. Niente di ciò che ha cambiato il mondo era stato pianificato.
Ciò che conta non è scritto in un'agenda. L'amore oltrepassa il prevedibile. Altrimenti non è amore.

6. Il grande segreto per una vita migliore è avere una memoria di ferro per gli errori. L'infelicità nasce in gran parte da errori che hai già commesso ma di cui periodicamente ti dimentichi.
La memoria serve per amare: per amare molto ciò che merita di essere amato molto. E serve, ancora di più, per selezionare. Quando ami, di sicuro ti ricordi di alcuni momenti dolorosi; ma è altrettanto sicuro che quando ami ti dimentichi coscientemente di loro. Altrimenti non è amore.

7. L'errore non è fare qualcosa di sbagliato, è soprattutto non fare nulla.
Gli innamorati agiscono. È una delle loro caratteristiche principali: agire, tentare, rischiare, osare. Può far male, chiaro; ma non agire fa più male. Altrimenti non è amore.

8. Prometti per te stesso, mantieni per gli altri.
Impegno: ecco la base della fiducia che ti unisce a chi ami. Impegno assoluto: o condividi tutto o non vali niente. Altrimenti non è amore.

9. Miserabile colui che non è mai soddisfatto: non sarà mai libero.
Essere soddisfatto non vuol dire stare fermo, non ti confondere. Muoviti, reinventati in mezzo a ciò che ami. Ma cerca di non soffocare ciò che già possiedi con ciò che credi di aver bisogno di possedere. Rilassati. Trova motivi affinché una straordinaria libertà ti lasci respirare. Ama nonostante tutto e soprattutto ama sempre di più. Altrimenti non è amore.

10. Se vedi qualcuno che sta camminando con un passo sbagliato non fargli notare il suo errore, cerca prima di capire che sta seguendo un altro ritmo. Questa è la saggezza.
Tutti camminiamo con il nostro passo. Camminare in coppia è capire che non andremo sempre allo stesso ritmo, e nemmeno che opteremo sempre per le stesse decisioni in ogni momento – non perché non ci amiamo, ma proprio per amarci meglio. Si ama ciò che ci rende diversi senza cambiarci. Altrimenti non è amore.

COMODITÀ: s.f. Sinonimo di sbadiglio. Nessuno ha mai letto in un libro di storia: «Ecco qui l'Individuo X, famoso per aver trascorso una vita estremamente comoda». Adesso pensa: che individuo vuoi essere tu?

(la vita è fatta di momenti importanti)

- Nacque alcune settimane prima del tempo, fatto che all'epoca era quasi sempre sinonimo di morte.
- Lottò per sopravvivere, e chiaramente vinse.
- Siccome non era un maschio, il padre abbandonò lei e la madre.
- A causa di una malattia contagiosa, perse una sorella più grande di un anno, dopo che questa per mesi ebbe lottato e cercato di sopravvivere, invano.
- Per aiutare la madre cominciò a lavorare a dieci anni in una fabbrica di scarpe, dalle sei di mattina alle otto di sera.
- Quando aveva diciassette anni conobbe l'uomo della sua vita, più vecchio di vent'anni, quasi un metro e novanta di altezza ed eleganza, e ne rimase colpita, affascinata, irrimediabilmente coinvolta.
- Si sposarono senza alcuna festa e senza alcun motivo, ma con tutto ciò che era necessario per continuare la vita insieme.
- Ebbero quattro figlie perfettamente sane e almeno due aborti spontanei – cosa normale a quei tempi.
- Lui fu accusato, senza che se ne capisse mai bene il motivo, di avere investito un passante con l'automobile.
- Trascorse qualche giorno in prigione ma ne uscì libero e innocente, rispettato da tutti.
- Ebbe un incidente mortale con la moto e la lasciò vedova e con quattro figlie da crescere a ventuno anni.
- Lei lavorò in un bar del quartiere dall'alba al tramonto.

- A venticinque anni conobbe il secondo uomo della sua vita, meno alto ma ugualmente coinvolgente.
- Si sposarono poco tempo dopo, in una cerimonia a cui assistettero anche le quattro bambine del precedente matrimonio.
- Insieme ebbero sette figli.
- Lei non smise mai di lavorare e fece più di mille mestieri.
- Uno dei figli morì in un incidente d'auto a vent'anni quando lei ne aveva poco più di sessanta.
- Prese la patente solo per dimostrare a sé stessa che poteva farlo, ma non guidò mai.
- Fu operata sette volte a causa delle più diverse malattie e ogni volta le superò grazie alla sua capacità di continuare a fare quello che voleva.
- Oltre al suo lavoro abituale vendeva porta a porta i più svariati prodotti, alla ricerca di un guadagno extra.
- L'ultima volta che fu operata aveva più di settant'anni.
- Poco tempo dopo perse il secondo uomo della sua vita, dopo averne sopportato per due anni la malattia e l'infermità.
- Quando aveva già più di ottant'anni cadde da una sedia mentre cercava di avvitare una lampadina nel lampadario.
- Si riprese ancora una volta e si mantenne lucida e autonoma, perfettamente padrona di sé stessa.
- Si spazzolava tutti i giorni i capelli con la sua spazzola preferita e adorava guardarsi allo specchio, sempre di buon umore, e fu così, con i capelli spazzolati e di buon umore, che morì, in casa, sola e indipendente come sempre.
- Fu una delle persone più felici che abbia mai conosciuto.

"Che vita di merda che ho", pensa l'uomo fermo sotto la pioggia in attesa dell'autobus. "Questa porcheria non è mai in orario."

L'ombrello, vecchio e fragile, trema al vento, la pioggia gli arriva di fronte e lo bagna sempre di più.

"Cazzo, pensavo non sarebbe mai arrivato."

Sull'autobus rimane in piedi perché non ci sono posti a sedere liberi, si regge come può e dove può per non cadere a ogni curva, al suo fianco c'è un adolescente perso nel suo mondo.

"Non c'è più rispetto, questo mondo è perduto."

Guarda di sottecchi l'adolescente, con le cuffie nelle orecchie e la musica al massimo, dentro l'autobus solo in pochi non sentono quello che sta ascoltando, un groviglio di grida talmente disarticolate che nemmeno Mozart riuscirebbe a sistemare.

"Ci mancava solo questo!"

L'autobus ha un guasto e sembra più grave del previsto, l'autista ha già avvisato che i passeggeri dovranno aspettare almeno un'ora prima di essere recuperati.

"Non vorranno mica trasportare tutti con quei minuscoli rottami?"

Due o tre piccoli furgoni, non di più, per prelevare tutti i passeggeri dell'autobus.

"Che caldo fottuto, non riesco a respirare."

Le persone sono appiccicate le une alle altre, il furgone in cui si trova è affollato all'inverosimile.

"Questi cazzo di lavori non finiscono mai."

Il traffico è caotico, ci vogliono più di quaranta minuti per arrivare a destinazione.

"A mai più!"

È il primo a scendere senza voltarsi e a immergersi nella folla sui marciapiedi della città nell'ora di punta.

"Che vita fortunata che ho", pensa la donna ferma sotto la pioggia in attesa dell'autobus. "Spero che ritardi ancora."

Appena può guarda, cercando di non dare nell'occhio, verso l'uomo che ama, che le piacerebbe amare, o almeno conoscere, e quando finalmente trova il coraggio per aiutarlo a ripararsi sotto il suo ombrello, visto che quello di lui sta tirando le cuoia, accade quello che lei non voleva accadesse.

"Dopo tutta la fatica che ho fatto, maledetto, dovevi proprio arrivare così presto?"

Sull'autobus rimane in piedi perché lui è rimasto in piedi, cerca di stargli vicina abbastanza da sentirne l'odore e poterlo guardare bene, ma lontana quanto basta perché non si accorga di essere spiato, o addirittura amato, chissà.

"La mia musica preferita, questo deve essere per forza un segno."

Guarda felice l'adolescente con le cuffie nelle orecchie e la musica al massimo, poi guarda l'uomo che vorrebbe fosse quello della sua vita e sovrappone il suono della musica al suono di ciò che sente, che momento meraviglioso, questo, desidera soltanto che non passi, che non passi mai.

"A volte bisogna che qualcosa si guasti perché possa nascere un'altra cosa ancora più grande."

Il guasto dell'autobus sembra più grave del previsto, ci vorrà almeno un'ora, secondo l'autista, perché lei possa guardarlo meglio, sentirlo meglio, passare ancora del tempo insieme a lui, o almeno fare finta, quando si ama ogni motivo è valido per amare.

"Così siamo vicini, ancora più vicini."

Due o tre piccoli furgoni, non di più, per prelevare tutti i passeggeri dell'autobus, lei entra subito dopo di lui, non vuole lasciare nulla nelle mani del destino, e per fortuna il destino è ciò che noi facciamo, nient'altro.

"Sento il suo cuore battere, sto impazzendo."

Le persone sono appiccicate le une alle altre, il furgone in cui si trova lui è affollato all'inverosimile, lei è innamorata all'inverosimile.

"Il progresso di una città può essere anche il progresso di un amore."

Il traffico è caotico, ci vogliono più di quaranta minuti per arrivare a destinazione, quaranta minuti di complicità, lì dentro c'è più chimica di tutta quella che Lavoisier riuscirebbe mai a spiegare.

"A sempre!"

È la seconda a scendere, subito dopo di lui, senza staccargli gli occhi di dosso, e a immergersi nella folla sui marciapiedi della città nell'ora di punta.

* solo chi crede nell'amore può leggere il testo che segue tra parentesi, gli altri si fermino qui.

("Che vita che ho", pensa l'uomo fermo sotto la pioggia in attesa dell'autobus. "Non ce la farò mai ad arrivare in tempo per aprire il negozio."

È inquieto sotto l'ombrello, in attesa che passi il maltempo e che buone notizie sorgano all'orizzonte.

"Forse ce la faccio, forse ce la faccio."

Sull'autobus rimane in piedi perché vuole stare vicino alla porta, chissà che non arrivi in tempo per non perdere nessun cliente, nonostante i clienti siano dei dormiglioni c'è sempre chi arriva presto quando lui è in ritardo, è matematico, di una matematica talmente profonda che nemmeno Newton riuscirebbe a spiegarla.

"Il testo parla di perdere delle opportunità perché le raggiungiamo troppo tardi, questa può essere solo ironia, solo ironia."

Guarda con un sorriso sarcastico l'adolescente con le cuffie nelle orecchie e la musica al massimo, poi guarda l'orologio e pensa a quante opportunità potrebbe perdere.

"Adesso sì che è troppo tardi, Manel, troppo tardi, spero solo che il signor Guedes non decida di passare in negozio proprio oggi."

Il guasto dell'autobus sembra più grave del previsto, ci vorrà almeno un'ora, secondo l'autista, prima di proseguire il viaggio verso quella che, almeno fino a oggi, è stata la sua occupazione, e che può benissimo diventare la sua disoccupazione.

"Così posso nascondermi meglio."

Due o tre piccoli furgoni, non di più, per prelevare tutti i passeggeri dell'autobus, lui sale dopo che metà dei posti sono già stati occupati, vuole passare inosservato perché nessuno capisca che è in ritardo, irrimediabilmente in ritardo.

"Almeno posso pensare alla vita."

Le persone sono appiccicate le une alle altre, il furgone in cui si trova lui è affollato all'inverosimile, cerca di prenderla alla leggera anche se non c'è niente da ridere.

"Forse domani mi toccherà andare a cercare un altro lavoro, dannazione!"

Guarda gli operai nei cantieri lungo la strada, il traffico è caotico, ci vogliono più di quaranta minuti per arrivare a destinazione, e probabilmente al capolinea della sua carriera.

«Arrivederci.»

È il terzo a scendere, subito dopo la coppia che domani servirà in negozio, anche se ancora non lo sa.

«Buongiorno, cercavamo degli anelli di fidanzamento.»

E questa sarà l'ultima richiesta che lui soddisferà nella gioielleria di Guedes, non perché verrà licenziato, anzi, si licenzierà lui: non ne può più di vedere la felicità degli altri senza lottare per la sua. Che tutti i santi lo aiutino.)

DOVERE: s.m. Ciò che non si deve essere obbligati a fare, nonostante sia obbligatorio. A volte hai il dovere di fare quello che non si deve fare.

(la vita è un'intenzione)

Le ore diventano così corte ogni volta che ci ricordiamo che non passeranno di nuovo.

Solo una vecchia come me ti dirà una cosa del genere: è quando arriva la data di scadenza che ci si accorge della validità di un prodotto. Fino a quel momento siamo i padroni del tempo, delle ore, ci sentiamo immortali e le avversità si superano facilmente. Credo che il senso della vita sia solo questo e nient'altro: conoscere, a poco a poco, il valore di ciò che andiamo perdendo. Questa è la suprema ironia: comprendere quello che abbiamo guadagnato a mano a mano che lo perdiamo. La conoscenza ci fa acquisire esperienza ma ci priva di una certa libertà, e c'è un'allegria che non può esistere senza libertà. Quando ero giovane credevo che la cosa migliore della vita fosse l'amore, oggi ne ho la certezza. Amiamo per essere immortali, perché qualcosa di noi rimanga dopo i nostri corpi. Chi non ama muore presto, nonostante non abbia mai vissuto. Solo chi ama può amare la vita.

Ricorda: devi fare solo ciò per cui sarai disposto a dare tutto affinché sia fatto alla perfezione.

A volte sembra che non ne valga la pena, che sia soltanto un giorno in più, soltanto un bacio in più, soltanto un amico in più. Ma non funziona così: tu sei la somma di tutto ciò che può non valere la pena, ed è questo, il prodotto finale, che dà valore alla vita. Alcuni dei momenti più belli che ho vissuto erano situazioni assolutamente banali, a cui di solito le persone non prestano attenzione. Ad esempio, ho conosciuto tuo nonno al supermercato, mentre facevo la spesa. Ho lasciato cadere un pacco di riso, lui lo ha raccolto, con quel sorriso che non pensavo esistesse (ci sono sorrisi che non esistono, sorrisi che arrivano da un angolo di mondo che nessuno conosce), e due giorni dopo siamo andati a vivere insieme. Nella tua vita non esistono avvenimenti di prima o di seconda classe. Tu sei in tutto e per tutto quello che fai. Disprezzare i momenti che hai vissuto significa disprezzare te stesso. Appassionati: ecco il riassunto di tutto ciò che ti posso insegnare. Appassionati prima di agire. E se non sei appassionato non fare niente. Si ama solo ciò che ci appassiona. L'amore esige una dedizione appassionata, non una dedizione sacrificata. Nessuno si sacrifica per l'amore, perché l'amore non è sacrificio.

Il moderato sarà, al massimo, moderatamente felice, che è moderatamente una merda.

Perdonami per aver usato queste parole, mio caro, che mi perdoni anche tuo padre (ancora mi ricordo la prima volta che disse una parolaccia, stavamo guardando lo Sporting in TV e gliene scappò una, maledetto, è sempre impazzito per il calcio; io e tuo nonno ci siamo guardati, volevamo fargli una ramanzina, dirgli che non poteva usare quelle parole, ma non ce l'abbiamo fatta e siamo dovuti fuggire di corsa in cucina a ridere come matti; l'amore ci fa ridere come matti, amare è ridere come matti), ma la verità è proprio questa: siamo ossessionati dalla misura, dalla ragionevolezza, crediamo che da loro possa venire fuori qualcosa che ci sostenga, che ci dia equilibrio in mezzo a questo sport estremo che è la vita. Che stupidaggine. Il moderato non ha mai reso nessuno infelice, ma nemmeno felice. I moderati vivono a lungo ma non vivono mai, non so se mi capisci, spero di sì, visto che sei intelligente, la tua professoressa di portoghese me l'ha ripetuto anche ieri all'uscita della scuola. Non mi ricordo di nessun momento in cui io sia stata moderata, non perché non lo sia mai stata, sfortunatamente mi è capitato di esserlo molte volte, ma solo perché nessun momento moderato diventa indimenticabile. La moderazione si dimentica in breve tempo, al massimo è una valvola di sfogo per scappare da ciò che è follemente inutile. È ciò che è inutile che ci tiene in vita: una poesia, una danza sotto la pioggia, una festa, tutte cose che non servono a niente se non a farci vivere. Viviamo grazie a ciò che non è essenziale, anche se troverai molte persone che dicono il contrario. Non credere a quello che ti dicono quando quello che ti dicono ti lascia indifferente. Nasciamo per sentire, che è come dire che nasciamo per amare. Cerca ciò che ami. Desidera. Desidera molto, desidera sempre. Desiderare è il motivo giusto per fare. All'inizio c'è sempre un'intenzione. Non la disprezzare.

La strada per l'inferno è lastricata di buone intenzioni, ma anche quella per il paradiso.

(dieci pensieri in libertà che dovresti tenere a mente)

1. Nessuno è più idiota di chi pensa di fare qualcosa solo perché non è fermo.
Fare è cambiare. Solo uno sciocco agisce senza cambiare qualcosa. Quando vuoi fare una cosa qualsiasi comincia restando fermo. Molti dei cambiamenti nel mondo sono avvenuti perché qualcuno ha avuto il coraggio di non muoversi finché non ha saputo quale direzione prendere. Se qualcuno vuole che tu ti dia da fare senza un motivo, vattene immediatamente.

2. L'eroe fa, lo stupido critica.
Fare è, anche, effettivamente fare. E fare è un atto di coraggio. Non criticare chi fa qualcosa solo perché tu non sei stato capace di farla. Piuttosto falla anche tu. Non si ricorda nessuno che abbia fatto qualcosa senza essere criticato. Se non sei mai stato criticato, allora non sei mai stato amato.

3. Sono diventati immortali solo quelli che hanno agito come se lo fossero davvero.
Essere capaci di qualcosa è, prima di tutto, essere capaci di credere di essere capaci di qualcosa. Le cose importanti sono fatte da questo tipo di persone: da quelli che, nonostante avessero dei dubbi sulle proprie qualità, hanno preferito mettere in pratica quelle che possedevano piuttosto che rinunciare del tutto. Raggiungere l'immortalità è una gran seccatura ma, a ben vedere, è l'unico modo

per non morire. Quando morirai assicurati prima di essere stato vivo.

4. Non ho bisogno che tu mi dia nulla, ma di te desidero ogni cosa.
Hai la certezza di amare quando ami così: quando non hai bisogno ma desideri. Il desiderio è la più alta forma di bisogno. Non ti amo perché ho fame, ma sono affamato di te: ti è mai capitato di dire o di provare una cosa del genere?

5. Uno degli ingredienti essenziali per una vita riuscita è una buona dose di cadute.
Non disprezzare il valore di una buona caduta: pochi momenti sono più felici di quelli in cui ti rialzi. Impara a volare solo chi impara a cadere.

6. Volere è meglio di avere: avere è il passato, volere è il futuro.
Si ha quello che è già stato, si vuole quello che sarà. Scommettere sul futuro vuol dire non smettere mai di desiderare con forza.

7. Non avere paura di perdermi quando mi vedi gridare, ma preoccupati quando mi vedi sbadigliare.
Il segnale è l'assenza di segnali. Quando non stai bene tendi a preferire la comodità del non fare niente, del lasciarsi andare. Ti spegni e rimani spento, in una specie di stand by corrotto, assurdo. Il silenzio a volte uccide. Cerca di stare attento, all'erta, percepiscilo. La cosa peggiore dell'amore non è il suo rumore, è la sua assenza.

8. Provo pena per chi ha tutto, che vita noiosa deve avere.
Ciò che fa più male è non sentire alcun dolore. Non sentire mai alcun dolore. La vita ha bisogno di ferite affinché le cure ci facciano crescere. Non si possiede mai tutto, e meno male. Trascorriamo metà della nostra vita cercando ciò che ci manca, e l'altra metà a trovarlo.

9. Non si conosce una persona grazie alle sue azioni, ma grazie ai suoi errori.
Siamo ciò che non siamo capaci di essere. Negli spazi che non riempi si trova ciò che sei. Sbagliare ti definisce: la qualità dei tuoi errori ti definisce. Ogni errore commesso crea una persona nuova. Quando vedi una persona sbagliare falle i complimenti, ma non dimenticare di correggerla. Ti amo per il modo in cui sbagli e ancora di più per il modo in cui mi fai sbagliare: ecco una bella dichiarazione d'amore. Sei il mio sbaglio preferito, lo sbaglio che voglio correggere per il resto della mia vita: eccone un'altra. Ci sono persone insopportabili a causa dei loro pregi e altre affascinanti a causa dei loro difetti.

10. La forza si manifesta veramente solo nei momenti di debolezza.
Chi non ha mai avuto momenti di debolezza è un debole. L'eroe non è indistruttibile: è resistente. Siamo creature particolari, in grado di adattarsi a ciò che sembra insopportabile. Ma insopportabile è ciò che non smuove, è accettare la vigliaccheria. Il mondo è pieno di persone forti che non possiedono nessuna forza. L'amore è la debolezza assoluta, ma anche la forza.

DIMENSIONE: s.f. Quello che ti succede quando ti accade qualcosa. La dimensione di ciò che vivi è l'intervallo tra un evento e ciò che l'evento ha prodotto in te.

(tre leggi universali che solo uno stupido non rispetta)

1. L'unica maniera di moltiplicare il tempo a nostra disposizione è, ironicamente, condividerlo con gli altri. C'è un'opposizione chiara tra la visione matematica e la visione poetica della vita, anche se hanno molto in comune. Nella vita la cosa più importante è la condivisione, forse la forma d'amore più sottovalutata. Si scrivono libri d'avventura, film su eroi, rappresentazioni teatrali su guerre e battaglie, ma si parla così poco della necessità di dividere per moltiplicare, un'antitesi scientifica che solo l'esperienza diretta – il più antico e inconfutabile strumento scientifico – può inesorabilmente confermare. Siamo ciò che condividiamo. Chi conquista il mondo lo saprà assaporare solo se avrà qualcuno che lo assapori con lui. Un vincitore ha bisogno di vincere, sì, ma ha ancora più bisogno di qualcuno che si complimenti con lui per la vittoria. Vincere un premio e non avere nessuno con cui festeggiarlo è come vincere un castigo – il più crudele dei castighi, quello per cui un individuo capisce che, nonostante le vittorie, perderà sempre. Solo chi non ha nessuno che lo conforti subito dopo aver perso è uno sconfitto. Gli altri sono soltanto persone, creature che vincono e che perdono, che fanno cose giuste e sbagliate, ma che non smettono mai di essere persone. Siamo persone quando ci guardiamo attorno e ci ritroviamo. L'amore esiste per salvarci da noi stessi. Nessuno è felice da solo, ma questo non vuol dire che non esistano persone sole e felici a patto che, pur non avendo la compagnia di corpi in carne e ossa, sentano gli altri, li custodiscano dentro di sé. Stare in compagnia vuol dire sentire chi siamo

in mezzo agli altri. L'amore – e anche l'amor proprio – è ciò che evita la solitudine.

2. Non ci si ricorda di chi lascia un'eredità, ma di chi lascia una nostalgia.
Il nostro compito è produrre instancabilmente nostalgia, essere fabbriche di momenti irripetibili. Fare fortuna vuol dire farsi degli amici, farsi degli amori (e fare l'amore) o festeggiare – oppure, nella migliore delle ipotesi, festeggiare insieme ad amici e amori. Veniamo al mondo per renderci conto di ciò che possiamo vedere, che possiamo toccare. Nasciamo per sperimentare, per curiosare e capire – e per amare. Un milionario è una persona che ha amato in quantità esorbitante. Mai nessuno ha sofferto a causa del troppo amore, semmai per la sua carenza. Quando avvertirai una carenza d'amore, cambia vita: in realtà è questo l'unico motivo per cambiare vita. Non ho mai capito perché esiste una Zecca dello stato che stampa denaro mentre non esiste una Zecca dell'amore che stampi amore. Quando sarò grande voglio essere un creatore di amore, dare vita a una casta speciale di persone innamorate che si dedichino a combattere la forza del capitale che opprime l'umanità. Ma, è chiaro, avrò bisogno di molto denaro per realizzarla.

3. Amano di più quelli che sono consapevoli dell'esiguità del tempo, proprio perché sono capaci di viverlo pienamente.
Il tempo è il peso di ciò che sentiamo contro il peso di ciò che viviamo. Invecchiamo quando c'è troppa vita per poco tempo oppure quando c'è troppo tempo per poca vita. È lo squilibrio che ci fa vivere, nonostante sia proprio lui a ucciderci a poco a poco. Una persona sempre equilibrata può vivere più tempo ma di sicuro vive meno vita. La finitezza è di un sarcasmo inarrivabile: più siamo felici e più il tempo passa in fretta. L'infelicità è lentezza, il giorno trascinato in mezzo al dolore. Mai nessun uomo felice ha detto che la vita è lunga.

(manuale d'amore per cretini)

«– Vuoi un consiglio?
– No, ne ho già tanti e non ne uso neanche uno.»

1. Il grande potere è rifiutare.
È questo il potere che non devi mai perdere nella vita – ed è, come tutti quanti per fortuna sappiamo, un altro modo di chiamare l'amore. Quando non è quello che vuoi, quando non senti quello che vuoi sentire, quando non ascolti quello che vuoi ascoltare, quando non ottieni quello che vuoi ottenere (o che ritieni assolutamente di meritare), allora non aver paura di dire di no. Alcune vite si sono perse perché non è stato detto un no, e allo stesso modo alcuni amori sono durati anche se non erano amori – e così facendo hanno impedito ai veri amori di crescere e prosperare. Se non sai dire di no allora non sai amare, no. Nasciamo con la possibilità di rifiutare ciò che non ci incanta, ciò che non ci coinvolge, ciò che non ci entusiasma. Sei nato con la possibilità di scegliere. Non la sprecare solo perché è più facile, solo perché è più sicuro, solo perché è assicurato. Se qualcosa non è amore, non lo sarà mai, questo è certo; se qualcosa non offre amore, non lo offrirà mai, garantito. Ed è anche per questo motivo, per distrarti da te stesso e permetterti di essere vivo, all'erta, sempre attento, che l'amore è l'amore e non si può paragonare a nient'altro. Quando ti vorranno imporre un subamore rifiuta. L'amore a metà non esiste. Se non è intero – e se non ti fa sentire intero – non è amore. Se non comprende tutto, allora è tutto tranne che amore.

«– E sopra il collo: sciarpa o scialle?
– Cervello.»

2. Alcuni amori – e alcune persone – sono come alcuni tipi di pane: gli manca la mollica.
L'amore di qualità è come il pane di qualità: deve avere la mollica. È chiaro che è importante – è molto importante – l'aspetto esteriore, quello strato di pelle che ci eccita, che ci mette in circolo l'adrenalina, che ci rende elettrici. Ma questa è la parte di fuori perché effettivamente si trova all'esterno: è quella che viene fatta fuori più velocemente. Infatti, nei momenti di crisi, non è la bellezza che ci salva ma ciò che rimane oltre a lei. L'amore è ciò che rimane oltre la bellezza – e per questo è a tutti gli effetti l'autentica bellezza. Amiamo il bello ma il bello matura in noi. Amiamo ciò che ci fa sentire belli, ciò che sappiamo farà parte di noi. Amiamo ciò che ci appassiona, e raramente ciò che ci appassiona dipende dagli occhi. Gli occhi servono ad amare ma il resto serve a consolidare, a mettere radici, a edificare. Senza sostanza non c'è amore. Esiste, al massimo, una complicità con piacere incluso. Ma il piacere solo fisico è finito, come qualsiasi cosa che sia soltanto fisica. Solo ciò che ci completa non ha fine. Amiamo ciò che ci rende più belli – e questo, anche se non sembra, non ha niente a che vedere con il corpo o con la pelle. Ama ciò che ti fa vedere con occhi diversi, ciò che ti fa amare con occhi diversi. Ama ciò che si trasforma in te. Ama ciò che ti trasforma in te.

«– Tra di noi è finita.
– Quando?
– Ancora prima di cominciare.»

3. Smette di essere tuo solo ciò che non lo è mai stato.
Se è finita, allora non è mai iniziata. L'amore è eterno, non esiste solo finché dura: è bello anche perché dura. Amare è cedere, amare è concedere, amare è sdoppiarsi. Se amo il nero e la persona che io amo ama il bianco, allora amerò

perfino il bianco se dovesse essere necessario, e la persona che io amo amerà il nero, e in fin dei conti entrambi ameremo ciò che l'altro ama anche se all'inizio amavamo esattamente il contrario di ciò che l'altro ama. È così che si fa l'amore – anche con il corpo, chiaro, solo che sappiamo tutti come funziona. Fare l'amore è concedere amore, è dare amore. È sapere che non sempre va come avremmo voluto, sapere che entrambi possiamo sbagliare, che entrambi possiamo dire quello che non dovremmo – e che ugualmente, alla fine della giornata, tutto ciò che abbiamo detto, fatto o deciso, può svanire dentro di noi. L'amore dissolve le differenze, se necessario le brucia. E tutte le differenze prendono fuoco molto facilmente quando si ama. È finita perché non andava, perché c'era dell'incompatibilità (che parola noiosa, così tecnica, così fredda, per parlare d'amore), e quindi in verità niente è mai cominciato. Non si perde un amore che non si è mai conquistato. In amore tutto quello che conta è conquistare; quando non è così allora non è amore.

DUELLO: s.m. Momento in cui hai il coraggio di contestare te stesso. Le grandi battaglie si vincono da soli.

«Finalmente amo restare da solo. È arrivato il momento di cercare compagnia.»

La cercò ma non la trovò: succede sempre così quando si cerca disperatamente qualcosa che si può soltanto incontrare. L'amore è questo: ciò che è nato per essere incontrato, soprattutto quando non lo si cerca.

«Sono capace di fare qualsiasi cosa per amore, tranne smettere di amare.»

Molti anni fa furono queste le parole che pronunciò di fronte alla donna che lo aveva lasciato perché, disse lei, lo amava troppo per sopportare di renderlo infelice con la sua infelicità. Alla fine lei non era felice e lo aveva abbandonato per non riempirlo con la sua infelicità, cosa che, ovviamente, finì per renderlo ancora più infelice. L'amore è questo: quando esiste a volte può renderci infelici, ma quando non esiste ci rende infelici sempre.

«Sono una persona sazia e insaziabile in egual misura.»

Fu quello che la donna gli disse quando lui le chiese come si chiamava. Così, né più né meno, senza che lui se lo aspettasse, qualcosa dentro di lui si mosse. Avrebbe potuto benissimo non essere niente, ma tutto indicava che quel movimento era tutto. L'amore è questo: ciò che può benissimo non essere niente ma che tutto indica essere tutto.

«Mi piace rischiare con tutto, tranne con ciò che non posso rischiare di perdere.»

Con questa frase lui le disse che voleva sposarla. Frase per niente romantica, vista l'occasione, ma abbastanza per convincerla di essere desiderata esattamente come lei desiderava lui. Alla cerimonia c'erano tutti: il sacerdote, lui e lei. L'amore è questo: la certezza che se sono presenti le persone che si amano allora sono presenti tutti.

«Quando diventiamo vecchi vediamo più lontano.»

Lui e lei invecchiavano, esattamente come due umani – e forse è più umano chi invecchia di più, per la semplice ragione che chi ha più umanità vive di più, e chi vive di più è più vecchio, anche se spesso non si tratta della persona che ha più anni. Né lui né lei sapevano come si sarebbero comportati se per caso uno dei due fosse invecchiato o avesse vissuto talmente tanto da scomparire (la morte è soltanto questo: vivere talmente tanto fino a scomparire), ma entrambi sapevano che prima dell'arrivo della morte avrebbero fatto di tutto per restare vivi, una cosa così ovvia e davanti agli occhi di tutti che finisce per non essere vista dalla maggior parte degli umani. L'amore è questo: una cosa talmente ovvia e davanti agli occhi di tutti che finisce per non essere vista dalla maggior parte degli umani.

«Il grande difetto dell'amore è che esiste solo quando ce n'è troppo.»

Non si è capito bene se furono le parole di lei o le parole di lui, tutti e due erano distesi sullo stesso letto, tutti e due avevano accumulato varie decine di anni di vita da quando erano nati e ancora più decine di anni di vita da quando si erano conosciuti: se fossero morti prima di conoscersi, sarebbero stati molto più vecchi. I figli, due, li accudivano come a loro volta erano stati accuditi. L'amore è questo: ciò che si prende cura di noi esattamente come noi ci siamo presi cura di lui.

«Quando morirai amami per sempre, e anche quando vivrai.»

Era una delle promesse che si scambiarono l'un l'altra nel giorno in cui si erano amati per la prima volta. E anche per l'ultima.

«Un amore non si guadagna; bisogna solo cercare di non perderlo.»

Non credeva all'esistenza della scienza: «Sono solo sciocchezze per ingannare e distrarre quelli che non sanno amare e a cui non rimane altro che studiare. Qualsiasi cosa che studia quello che già esiste è una stronzata; qualsiasi cosa che si basa sul possibile è una stronzata. Solo l'impossibile esiste, il possibile è una replica di quello che è già esistito. Siamo ossessionati dall'impossibile, da ciò che non è mai esistito prima perché nessuno riteneva possibile potesse accadere: tutti gli amori sono impossibili fino a prova contraria, è anche vero che tutti gli amori sono possibili fino a prova contraria, ma a chi interessano le prove? Quello che vogliamo è fare esperienza noi per primi». Trascorreva così il suo tempo a parlare d'amore. Non aveva bisogno di guadagnarselo – «ce l'abbiamo fin dall'inizio, siamo nati con la capacità di amare, questo è il dono più grande che abbiamo, poi dobbiamo solo cercare di non perderlo, che comunque non è una cosa da poco» – aveva solo bisogno di sapere dove avrebbe potuto trovarlo.

«Quanti si sono attardati pochi secondi e poi per una vita intera non sono mai arrivati in tempo?»

Imparò a leggere per imparare ad amare – e per imparare a scrivere sull'amore. Costruì decine, forse centinaia di tesi sul sentimento più grande: «So con assoluta certezza che cos'è, da dove viene e dove va. Sono uno scienziato senza scienza, l'unico scienziato che possa esistere. Studiare per diventare scienziato è come studiare per abbracciare: una stupidaggine, una perdita di tempo. O si studia con l'anima o non si studia affatto. La base della scienza non è l'esperienza, è il piacere. Nessuno scienziato sa definire l'orgasmo se non è capace di sentirlo». Vive di elemosine, anche se dice di vivere d'amore: «Accetto solo chi mi dà denaro per amore, rifiuto molti euro al giorno perché avverto che chi mi dà una moneta o una banconota lo fa sentendosi in obbligo. Dare sentendosi in obbligo è ricevere: dai per ricevere la gratificazione di non avere la coscienza sporca, alla fine fai un'elemosina a te stesso. Io non voglio questo tipo di gente nella mia vita. Nella nostra vita ci deve essere posto solo per chi il posto se l'è guadagnato, e ancor di più per chi lo ha desiderato». Il suo posto, invece, è dove capita, tra i vicoli. Per la strada tutti lo trattano come un pazzo e lui insiste a dire che non capisce da dove venga l'ammirazione che nutrono verso di lui – «la ringrazio per la deferenza ma non credo di meritare un così grande complimento». C'è sempre bisogno di un pazzo che ci faccia sentire sani, e diciamo anche che il pazzo è lui.

«Sono un medico perché è stata la scelta più facile.»

Si laureò in medicina per caso, per il più felice dei casi: «La amo e lei è un medico, non vedo un motivo più importante di questo per seguire un corso di laurea. La mia vocazione è amarla, ma amo la medicina perché me l'ha fatta scoprire lei». Come ce la fece si può raccontare in poche parole: trovò lavoro in un caffè, il caffè dove andava lei, mise insieme il denaro che gli serviva in più di vent'anni, sostenne gli esami con esiti brillanti e poi fu lo studente più anziano della classe di una prestigiosa università. Solo quando si laureò e cominciò la specializzazione volle conoscerla: «Dobbiamo sempre mostrare il nostro lato migliore a chi amiamo. Chi ama deve avere a che fare anche con il lato peggiore, è inevitabile, ma rispettare l'altro vuol dire dargli il meglio di noi». La sfortuna volle che lei, nel frattempo, si fosse sposata, e questa cosa mandò in fumo il suo progetto. Ma era durato solamente trent'anni.

«Ho passato tutta la vita imparando ad amarti, per favore dimmi se secondo te ho imparato male.»

Lei non disse mai niente.

EDUCAZIONE: s.f. Capacità di costruire un mondo nuovo senza imporre il nostro. Educare non vuol dire colonizzare l'altro, vuol dire rispettarlo.

Ti amo per quello che mi fai cambiare.

Quando ti ho conosciuto ero una donna come tutte le altre, e per questo diversa da tutte le altre, ma non ero una donna capace di capire che tutti quanti siamo soltanto ciò che ci fa continuare, ciò che ci fa credere: siamo solo e soltanto ciò che capiamo, e c'è stato bisogno che arrivassi tu per farmelo capire.

Ti amo perché fai in modo che io mi ami.

Sono la persona che volevo essere e, fortunatamente, la persona che volevi avere. Non mi hai chiesto niente, sei arrivato, e io sono arrivata fino al cuore dei miei fantasmi. Con te ho imparato che non abbiamo niente da insegnare gli uni agli altri, ed è esattamente così che impariamo continuamente gli uni dagli altri. Sono tua perché ti amo, sì, ma sono tua ancora di più perché amo me stessa, perché mi fai desiderare di essere la persona che sono, la persona che sono in te.

Siamo tutti abitanti dello stesso pianeta, eppure tutti abitiamo mondi differenti.

La sincerità è l'unica caratteristica che si trova più facilmente in un nemico che in un amico. Con te è stato diverso, con te è sempre diverso. Ci diciamo quello che sentiamo, senza paura, con tutta l'anima, intera, senza temere di ferirci. A volte la sincerità fa male, a volte l'onestà ferisce –

ma la mancanza di sincerità ferisce di più, la disonestà ferisce di più. Dovremo essere capaci di giocare con le nostre regole fino alla fine. L'unico limite è aver paura dei limiti.

Non c'è alcun problema a essere come gli altri, l'importante è non smettere di essere come sei.

C'è chi teme la fotocopia, la replica; c'è chi fugge dai cliché per provare a fuggire dallo strato più profondo della sua banalità. Tra di noi non c'è bisogno di amare in maniera diversa, visto che ci amiamo così bene. Ci amiamo come nei libri se l'amore che c'è nei libri ci piace. Siamo sdolcinati se la sdolcinatezza ci rende felici. Non dobbiamo cercare sentimenti diversi dai nostri per sapere cosa vogliamo sentire. Pecchiamo se dobbiamo peccare, seguiamo la regola più conservatrice se dobbiamo seguirla. E dobbiamo fare solo quello che sentiamo. Quello che sentiamo, lo sentiamo profondamente: ecco tutto quello che c'è da dire a proposito dei nostri sentimenti.

La morte è stata inventata per limitarci; abbiamo inventato l'amore per liberarci.

Arricchisci la mia vita con una sorta di libertà consentita: arriviamo fino a dove l'altro ci lascia arrivare, schiavi di un piacere assoluto, di un picco di sensazioni. L'amore è la sensazione suprema, probabilmente nient'altro che questo, ed è bellissimo.

Sono soprattutto quello che non ho mai raccontato a nessuno.

Solo a te.

Non siamo ciò che nasciamo; siamo ciò che facciamo.

C'erano una volta due fratelli assolutamente uguali a tutti i fratelli, se non si desse il caso che uno dei due non poteva udire e l'altro non poteva vedere.

Non siamo ciò che vediamo né ciò che udiamo; siamo ciò che sentiamo.

Com'era naturale, crescendo i due fratelli diventarono grandi amici, davvero inseparabili, e questo fece sì che in molti, alcuni spinti da pietà, altri a cui i due fratelli piacevano veramente, diventassero a loro volta loro amici, a scuola e in qualsiasi posto andassero.

Non siamo ciò che non siamo capaci di fare; siamo ciò che siamo capaci di generare.

Oltre a essere molto intelligenti, i due ragazzini, ormai giovani adolescenti, avevano anche un senso dell'umorismo molto sviluppato e questa cosa, insieme al fatto che avevano delle invalidità importanti, dava luogo a dialoghi molto interessanti:

– Vedi solo quello che ti interessa.
– E tu ascolti solo quello che vuoi.
– Si vedeva benissimo che stavi andando di là.
– Se tu avessi ascoltato, io non sarei andato.
– È sempre la stessa solfa, vedi?

– Non ho voglia di starti a sentire, faccio orecchie da mercante.

– Ah sì, vedo, vedo.

Non dobbiamo essere il dramma che potremmo essere; dobbiamo essere la commedia che dovremmo vivere.

Grazie al loro immenso talento umoristico non tardarono a essere scoperti e divennero in breve tempo grandi stelle nel panorama artistico del loro paese, ottenendo molti elogi e conquistando molti nuovi amici, sempre presenti e pronti a tutto.

Non siamo amici di chi ammiriamo; siamo amici di chi amiamo.

Si sposarono e si separarono molte volte. Alla fine capirono che non potevano vivere l'uno senza l'altro. Si sentivano incompleti, incapaci, infelici, addirittura amputati.

– È come se ci mancasse un senso. Letteralmente.

Non siamo completi quando abbiamo tutto; siamo completi quando sentiamo tutto.

Si specializzarono, nel corso degli anni, nel far sentire all'altro il senso che gli mancava. In ogni momento, a tutte le ore, l'uno era l'udito dell'altro e l'altro era gli occhi dell'uno: erano i narratori perfetti per le vite di entrambi.

– Insieme non facciamo un intero; insieme siamo interi entrambi.

Non siamo amati quando ci danno ciò che ci manca; siamo amati quando non ci arrendiamo di fronte a una qualche mancanza.

Un giorno uno dei due si distrasse e si dimenticò di raccontare della macchina che veniva loro incontro, l'altro si distrasse e si dimenticò di raccontare del clacson che sentiva suonare, e quando si svegliarono si trovavano stesi sul letto di un ospedale, con i genitori, sempre i genitori, che li guardavano con le lacrime agli occhi.

– Nemmeno l'amore più complice resiste alla distrazione.

Non siamo obbligati a sacrificarci per amore; per amore siamo capaci di sacrifici che non costano niente.

Rimasero paralizzati e divennero poveri nel giro di due anni, forse meno, durante i quali soffrirono, lentamente, a fianco dei genitori e l'uno dell'altro.

– L'amore a volte ferisce ma allo stesso tempo distrae da ciò che fa male.

Non siamo poveri quando non abbiamo denaro; siamo poveri quando abbiamo solamente il denaro.

Per il funerale i genitori organizzarono una grande cerimonia, perfetta per accogliere i pianti disperati che si aspettavano di udire da tutti gli amici dei due defunti. Ma nessuno si presentò.

EFFIMERO: agg. Ciò che non è amato. Si dimentica solo quello che non si è mai sentito.

– Non posso fare a meno delle farfalle nello stomaco.

– E perché?

– Ho bisogno di sentire che una cosa è talmente bella che prima o poi finirà, talmente bella che prima o poi deve finire. L'eterno dura per sempre ma mi sembra una gran seccatura.

– Una felicità che finisce è l'unica felicità possibile. Una felicità che dura non è una felicità. È solo una specie di felicità più debole, una felicità in saldo, una felicità per bambini.

– Per questo esiste la morte: per farci sentire più in profondità.

– Come se tutto dovesse finire.

– E poi effettivamente finisce.

– Dobbiamo vivere come se la vita finisse, solo questo. Spesso viviamo come se fossimo immortali, rimandiamo a domani anche se il domani non esiste. Ogni felicità ha il suo momento. Procrastinare una felicità vuol dire perdere una felicità. Solo gli infelici non se ne accorgono.

– Non posso fare a meno dei sarchiaponi nello stomaco.

– I sarchiaponi non esistono, sono un'invenzione nata per far ridere.

– È di questo che non posso fare a meno: di ciò che non esiste e che inventiamo, ogni giorno, per farci ridere. Alla fine l'amore non esiste ed è stato inventato per farci ridere.

– Ma a volte fa piangere.

– Succede quando è usato male. Quando qualcuno uccide una persona con un coltello la colpa non è mica del coltello, è di chi lo ha usato male. Tendiamo a dare la colpa al messaggero e non a chi scrive il messaggio. L'amore esiste per far ridere, anche se in verità non esiste. Non posso fare a meno dei sarchiaponi nello stomaco, di creature che mi abitano e che in realtà non esistono. Sono loro che mi rendono reale. La realtà è ciò che sentiamo, ciò che ci tocca. Abbiamo bisogno di inventare cosa ci fa stare bene. Se non trovi la felicità devi inventartela.

– Ma inventare la felicità non è vivere un'illusione?

– L'illusione è l'unica forma di degustazione. Assaporiamo quello che immaginiamo di provare. Ognuno vive quello che immagina, nient'altro. Chi vive soltanto la realtà impazzisce nel giro di due o tre giorni. Nessuno resiste alla realtà. Nessuno resiste neanche a mezza realtà. Abbiamo bisogno di nuvole, di nebbioline, per non vedere tutto ciò che ci circonda. E più diamo, più abbiamo. L'amore si moltiplica quando viene condiviso.

– Siamo i maghi del quotidiano.

– Dobbiamo essere illusionisti della noia, trasformare ciò che ferisce in ciò che fa sognare. I più felici sono i più creativi, chi disegna, chi scrive, chi dipinge, chi suona. E, ancora di più, chi ama.

– Amare è la creazione suprema.

– Amare è la creazione. Il resto viene di conseguenza. Tutte le opere sono nate grazie all'amore. Non esiste un genio che non sia innamorato. La passione, del resto, è un requisito fondamentale per la genialità. Solo chi è vergognosamente appassionato crea opere vergognosamente appassionanti. Ciò che ci appassiona deve essere appassionato.

– Sei innamorato di me.

– Come se esistessi, ma tu, del resto, esisti.

– Ti ho creato per salvarmi.

– Hai fatto bene. È l'amore che ci salva. Prima che tu mi creassi io ero già qui ma non esistevo. L'amore fa questo: ci fa esistere.

– Nonostante non esista.

– Soprattutto perché non esiste.

– I sarchiaponi.

– Sì, non posso fare a meno dei sarchiaponi nello stomaco.

(manuale sul tempo per cretini)

1. È chiaro che si ritorna dove si è stati felici, solo dove si è stati infelici non si ritorna mai.
Lo aveva amato lì, esattamente lì, vicino all'entrata della scuola, proprio sul muretto di fronte, più di quarant'anni fa. Ricordò il sapore di mare ribelle del primo bacio, ricordò di aver pensato che durante le vacanza sarebbe stata la persona più felice del mondo perché in quel momento aveva le labbra più felici del mondo. Ricordare è un modo di vivere ma non è il migliore; il migliore è fare ciò che sarà ricordato. Oggi, senza sapere perché, si è fermata proprio lì davanti, per una qualche distrazione o semplicemente perché doveva andare così. Amare è sicuramente questo: una distrazione o semplicemente ciò che deve essere.

2. La parte migliore del passato è che viene costruito proprio ora.
Finché non arrivò lui. Non era lui, il lui che l'aveva baciata quarant'anni fa, ma era un lui che esisteva adesso, sullo stesso muretto ricoperto di graffiti (e perfino il disegno di un teschio è romantico quando si è innamorati a quel modo), e che sorrideva verso di lei, un sorriso che faceva ricordare l'adolescenza, l'incoerenza, tutto il mondo davanti. Amare è sicuramente questo: la sensazione di avere tutto il mondo davanti.

3. Ti fa perdere tempo solo chi non sa approfittare del proprio.

Ci furono critiche, ci furono malelingue (e sono esattamente questo: lingue che vengono usate male, tutti sanno che le lingue, sia quelle parlate che quelle toccate da altre lingue, esistono per dare piacere, che altro?): quando mai si era vista una vecchia innamorata? Lei non ci fece caso, lui non ci fece caso, forse perché erano già avanti con gli anni e sapevano che l'importante era prendersi cura di sé stessi, e per loro l'importante era avere la certezza di essere esattamente dove dovevano essere, nonostante non sapessero di preciso dove si trovassero. Amare è sicuramente questo: la certezza di essere dove dobbiamo essere senza sapere di preciso dove ci troviamo.

4. Coraggioso è chi non ha paura di dedicarsi completamente a ciò che può essere distrutto.
Unirono le loro vite in una domenica come tutte le altre, stufi di sapere che erano temporanei, straordinariamente temporanei. Ciò che è straordinariamente temporaneo è senza alcun dubbio la cosa più straordinaria della nostra vita, che provi a contraddirmi chi non ha mai avuto un orgasmo. La chiesa era piena, e il fatto che ci fossero solo loro due e il sacerdote non cambiava le cose. Amare è sicuramente questo: mettere in discussione verità intoccabili. Intoccabile è solo l'amore.

5. Spesso è la fragilità di un amore che lo rende eterno.
Lui morì tra le braccia di lei, come sarebbe morto anche se non fosse morto. Il medico disse che era stato il tempo, la già grande quantità di tempo della sua vita, a ucciderlo; ma lei sapeva che invece la causa era proprio la sua mancanza. Amare è sicuramente questo: qualcosa che muore solo quando non ce n'è più, mai quando esiste in eccesso.

6. Abbi cura dei ritratti che tieni sulle mensole di casa, un giorno sarai anche tu uno di loro.
Il suo, in una fotografia scattata sul muretto di fronte alla scuola, è sempre là, in cima al televisore di lei, amato più di molte persone ancora in vita.

FINE: s.f. Ciò che accade solo ai coraggiosi, gli altri semplicemente non iniziano neanche.

«Mi hanno chiesto un miracolo e io ho mostrato una fotografia di noi due.»

No, così non va bene: troppo sdolcinato, troppo prevedibile. A lei non interessa sapere se siamo un miracolo, lei vuole che io dica quello che desidero, che dica che sono capace di farlo. Non posso scimmiottare i film o i libri romantici. Devo scrivere il mio film, il mio libro.

«Quando ti spoglierai per la prima volta finalmente mi vedrò tutto intero.»

Mamma mia, che schifezza. Devi impegnarti di più, vecchio mio. Che cazzo, amare è una roba talmente grande che non si può descrivere a parole, sono tutte così piccole, stringono troppo, soffocano troppo. Com'è che esiste solo una parola per «amore»? Perché? Chi ha inventato l'alfabeto non è mai stato innamorato, ne sono sicuro.

«Voglio le tue braccia come il fiore vuole la primavera.»

Che orrore, come se ci fosse una qualche stagione, una qualche condizione meteorologica che possa essere alla tua altezza, povero me, è da ore che sto cercando di scriverti qualcosa e tutto quello che riesco a buttar giù sono abbozzi di ciò che sei, schizzi difettosi di ciò che rappresenti. Quando entrerai da questa porta voglio darti le migliori parole di sempre, la lettera d'amore che avrebbe voluto scrivere Pessoa, l'unione di parole più felice che il mondo abbia mai conosciuto, come io e te siamo l'unione di persone più felice che il mondo abbia mai conosciuto.

«Chi non ha mai letto i tuoi occhi è un analfabeta emozionale.»

Merda, non mi viene fuori nient'altro che questa roba qui, una successione di frasi piccole, banali, immobili, mentre tu sei così grande, unica, capace di smuovere tutto quello che succede dentro di me. Sei la mia liturgia, un'orazione con la quale non prego ma ricevo e basta. Dio non è in mezzo a noi, Dio è noi.

«Ieri mi hanno chiesto di parlare dei tuoi difetti e oggi, dopo un giorno passato a scrivere, ho consegnato un foglio bianco.»

E questo è tutto quello che ho da darti. Stai quasi per entrare e niente di ciò che creo riesce a ricrearti, sei irricreabile, irripetibile, nessuna descrizione è in grado di produrre qualcosa di lontanamente paragonabile a te. Prego solo che tu non sparisca mai perché nessuno sarebbe capace di fare un tuo identikit: sei così umana da non avere caratteristiche, solo particolarità, irriproducibilità, geografie che non si trovano in nessuna mappa. Ti amo per quello che non riesco a comprendere, perfino per quello che non riesco a vedere. Più che un'estate sei un autunno, un mistero, una particella di demonio dentro l'allegria. In estate tutto è visibile, che tristezza, in inverno tutto è nascosto: una tristezza ancora più grande. E la primavera è luce mentre tu sei un'ombra altera, un'arpa che suona anche senza l'arpista, una forma di poesia che non ha bisogno del poeta.

«Quando entrerai da questa porta rimarrò senza parole per poterti dire tutto.»

E lei entrò,
e ascoltò.

C'è chi ha perso una battaglia solo perché non si era accorto che ne stava combattendo una.

Questo eravamo, nient'altro: contendenti di un'unica battaglia, soldati di una guerra in cui, come tutte le guerre, non ci sono vincitori – solo vinti (non ci sono aggressori – solo aggrediti). Ci siamo sposati per essere felici, esiste forse un altro motivo per sposarsi? E in breve tempo abbiamo dimenticato questo motivo; altri motivi sono arrivati, i debiti, le ambizioni, quello che si è messo in mezzo tra ciò che siamo e ciò che non siamo riusciti a essere. Ci siamo sposati per essere felici e probabilmente nessuno di noi, oggi, se lo ricorda, invischiati come siamo in una lotta che ferisce entrambi e non serve a nessuno.

La cosa peggiore per una coppia è il momento in cui ci si ferisce entrambi senza che questo serva a qualcosa.

E nonostante tutto se oggi mi chiedessero con chi vorrei essere felice io direi con te, ancora con te, perché so che tu sei la donna della mia vita anche se la vita, quella in cui tu eri la mia donna, l'abbiamo sprecata in nome di qualcosa a cui non sappiamo nemmeno dare un nome, a cui nessuno sa dare un nome. C'è qualcosa a cui nessuno sa dare un nome che spesso allontana chi si ama, uno spettro incontrollabile, un antiamore che non si sa da dove arrivi. Può essere la routine, chi lo sa? O forse il semplice trascorrere dei giorni in noi. Ci sposiamo che siamo in un modo e poi cambiamo. Nonostante sia la stessa persona, quella con cui ci siamo sposati vent'anni fa, non è più la stessa persona, perché anche noi non siamo più la stessa persona. Chi ci sta attorno riflette quello che noi siamo, nient'altro.

Accettalo: siamo tutti animali che fingono di essere qualcos'altro.

Siamo istinti, anche se li vogliamo diluire, condannare, eliminare, domare. Ma non si doma ciò che ci domina. Ti amo di più di quando credevo che potessi essere la mia donna: ti amo al di là delle nostre possibilità, e forse questa è una delle forme più pure d'amore, quello disinteressato. Ho bisogno di sapere che stai bene per stare bene a mia volta. Ti cerco ogni volta che ho una novità da raccontare, e tu non ci sei. In quei momenti, soprattutto in quei momenti, comprendo cosa significa la solitudine.

L'amore è ciò che, quando non lo abbiamo, ci fa provare solitudine.

Siamo tossici dell'allegria, tristi dipendenti dalla soddisfazione. Nessuno fa del male con il proposito di fare del male, solamente con il proposito di trovare la felicità. E noi ci siamo fatti del male. Volevamo una corda che ci salvasse dall'abisso e abbiamo finito per arrotolarcela al collo. Siamo stati malvagi perché abbiamo voluto essere buoni; volevamo dimostrare di essere capaci mentre l'amore non deve essere una prova di forza – solo una prova d'amore. Amare vuol dire comprendere quando l'amore è finito, anche se continua. E la fine fa male – ma fa ancora più male una fine a metà, una mezza ipocrisia, corrotta. Non c'è niente di più triste di qualcosa che continua a esistere nonostante sia già finita. L'amore ha due facce: quella pratica, che esige che due persone si incontrino; e quella teorica, che esige soltanto che due persone si amino. Teoricamente siamo l'uno dell'altro, ma praticamente siamo due estranei. Non ci vediamo, non ci guardiamo, non condividiamo, ma quando soffro e ho bisogno di una spalla è sulla tua che trovo riposo, te lo garantisco. Siamo quelli che vogliamo insieme a noi quando piangiamo, non quelli che stanno insieme a noi quando festeggiamo. Sei il luogo dove voglio depositare le mie lacrime: ecco la più profonda dichiarazione d'amore.

Non riusciamo a mantenere una relazione a distanza, neanche abitando nella stessa casa.

Soltanto un asino non dà dell'asino a sé stesso con una certa regolarità.

Comincio io. Ecco qui: asino. Asino, asino, asino, asino, asino. Ah, già mi sento più pulito, più umano. Sempre più spesso l'essere umano non si impegna: avrebbe bisogno di prendersi meno sul serio, di pensare meno al fatto che non è la fine del mondo se succede qualcosa che non gli va bene.

Qualsiasi idiota si prende sul serio, ma solo una creatura intelligente non dà peso a ciò che non la valorizza.

Funziona così: a volte commetti degli sbagli, a volte ti senti sottotono, a volte tutto sembra crollare dentro di te; è in questi momenti che la persona che sei veramente si rivela. Se sei un cretino ossessionato da sé stesso allora tutto crollerà dentro di te e non riuscirai mai a risollevarti dalle macerie per continuare a camminare. Se invece sei una persona che ha la consapevolezza di essere una persona, uscirai dalle macerie pronto per spiccare il volo, se necessario, perché solo chi non ha le ali sa quanto costa volare – gli uccelli volano come noi passiamo l'aspirapolvere in casa, semplice abitudine.

Il peggiore dei difetti è l'immortalità – anche perché, a ben vedere, non esiste.

Ma uccide. Uccide per davvero. Non mancano relazioni, imprese – perfino intere vite – distrutte dal complesso d'immortalità: l'immortalismo. Cerca di impararlo una volta per tutte: morirai e devi essere abbastanza morto anche per poter vivere. Per fare i conti con tutta la merda che ti capiterà, e te ne capiterà tanta, te lo garantisco, e gestirla in modo che sia sopportabile: in modo che anche tu ti possa rafforzare. Devi rafforzare in te ciò che ti fa sopportare gli accadimenti della vita – e a maggior ragione ciò che accade in te (e sono cose diverse, perfino opposte: quante persone hanno vissuto esperienze così felici viste dal di fuori e così tristi viste dal di dentro?).

Se non sei in grado di vedere la tua immortalità, non sei in grado di vedere la tua capacità di sbagliare.

E la tua fragilità, la tua finiscienza (sì, lo so che è una parola che non esiste, ma l'ho scritta ed ecco cosa vuol dire: l'idea che sei finito e che devi averne coscienza per poter assaporare nel modo giusto, o perlomeno che sia giusto per te, tutto ciò che c'è da assaporare, capisci?). Siamo più umani quando capiamo che la fine fa parte di noi – come fa parte di noi anche scherzare, fin da ora. Di solito non si scherza mai con ciò che ferisce, mentre è esattamente con ciò che ferisce che si dovrebbe scherzare. Quando morirò voglio che al mio funerale ci siano comici e bande che facciano ballare la gente. Quando morirò voglio che tutto viva, che tutto continui a vivere attorno a me. Tutte le morti dovrebbero servire a fare in modo che chi è vivo possa vivere meglio. Ora che sono vivo decreto ufficialmente che ogni morte serva a questo scopo.

Non provo pena per chi ha paura di morire, ma di chi ha paura di vivere.

(l'amore è quello che è e il suo contrario)

Amare è angelo, è tesoro, è fuoco.
Amore è nostalgia, frusta, malattia.
Amore è paura, sacrificio, vicinanza.
E crescita, e speranza, e fede.
Amore è luce e tormento, sacro e tregua,
    estasi e primavera.
Amore è pazzia, sogno, violenza, rifugio.
Amore è piacere.

Amore è demone, è banale, è ghiaccio.
Amore è presenza, carezza, salute.
Amore è coraggio, soddisfazione, distanza.
E perdita, e incredulità, e disillusione.
Amore è ombra e consolazione, profano e guerra,
    disincanto e autunno.
Amore è lucidità, realtà, pace, pericolo.
Amore è angoscia.

Amiamo ciò che l'amore ci dà, nonostante l'amore ci dia anche il suo opposto.

Amiamo ciò che amiamo, e non abbiamo idea del motivo per cui amiamo.

Amiamo perché sì, e in verità (ma spesso anche nella menzogna, lo sappiamo) amiamo anche perché no.

Amiamo con una logica speciale, una logica inventata ma completamente coerente e assolutamente incoerente (ed è solo così che si possono vivere i momenti importanti di questa vita fatta da Dio e dal Demonio, sia con coerenza che con incoerenza, e la loro somma deve dare un risultato sensato, oppure non sensato ma sentito, profondamente sentito).

Amiamo quello che possiamo, e spesso ancora di più quello che non possiamo.

Amiamo con l'unico motivo di amare, anche se amare non è un motivo in particolare ma racchiude l'essenza di tutti i motivi.

Gioco con le parole da più di una pagina per evitare di fare i conti con ciò che mi ferisce, con ciò che mi spinge a scriverti questa lettera d'amore ridicola come tutte le lettere d'amore, ma che contiene una parte di me unica.

Gioco con le parole perché tu non le veda come delle incapaci, parole piccoline, subparole per una supervolontà.

Non so come ti ho conquistata, ma sono felice. Non so cosa vedi in me, ma amo ancora di più i tuoi occhi quando ti vedo nei miei. Forse sono il tuo piacere colpevole, la tua ossessione occulta, ma poco mi importa. Mi importa continuare a essere al centro dei tuoi passi, a fianco del tuo abisso, proteggendoti come se fossi la salvezza del mondo, stufo di sapere che sei la fine del mio. Non ti dico le frasi giuste, non ti dedico i poemi che ti dedicherebbe un genio, ti dedico il verso incompleto, il poema impotente, la mia probabile resa. Rinuncerò a te quando smetterai di essere ciò che mi impedisce di rinunciare, quando abbandonerò le tue labbra per poter baciare, o le tue fantasie per poter sognare. Rinuncerò a te il giorno in cui sarò costretto, che sarà sicuramente il giorno prima (o il giorno stesso) in cui perderò me stesso. Si rinuncia a tutto tranne a ciò che non scompare nonostante vi si rinunci.

Amore è ciò che resta di noi dopo di noi, e prima di noi.

Amore sei tu e, se possibile, anch'io.

Amore, può essere?

FINE: s.f. Sinonimo di reinvenzione: prima di cominciare di nuovo a fermarsi.

Domani è il tuo compleanno.

Non vedo l'ora che arrivi, hai detto che stavi attraversando il ponte, ancora dieci minuti al massimo e sarai tra le mia braccia e non ti accorgerai, distratta come sei, che vicino alla televisione c'è quel libro raro che era di tuo padre, e che sarà il primo regalo che ti darò, ce ne sono molti altri ma ogni cosa a suo tempo, voglio che tu sia ogni giorno la donna più felice del mondo, ma il giorno del tuo compleanno voglio che tu sia la donna più felice di tutte le donne più felici del mondo che hai dentro di te.

Domani è il tuo compleanno.

Ho già tutto pronto per cucinarti la *francesinha* che adori, ho comprato tutti gli ingredienti, il forno caldo, il pane che ti piace, fresco e della panetteria del signor Isidro, quando mancheranno pochi minuti alla mezzanotte ti manderò in camera e comincerò a preparare tutto, voglio che domani e sempre tu sia la donna con i migliori sapori del mondo, con la bocca più felice del mondo, che Dio faccia in modo che non ti attardi perché già non ce la faccio più.

Domani è il tuo compleanno.

Sei già entrata nel garage, ancora due minuti e sarai mia, per oggi non hai più riunioni, né lezioni, sei mia e io sono tuo, la felicità è questo, quasi solo questo, o proprio questo e nient'altro, tu che sei mia e io che sono tuo, ho rifatto il letto con le tue lenzuola preferite, voglio che ti distenda lì sopra e su di me, che ti addormenti tutta e ti svegli tutta, in pace, nello spazio che le mie braccia e il mio corpo custodiscono per te dalla prima volta che ti ho conosciuta. Si ama un corpo attraverso gli spazi che troviamo per accoglierlo, per proteggerlo, per sentirlo come un prolungamento senza macchia del nostro, nel tuo corpo c'è la parte migliore del mio, sappilo, anche se ho la certezza che tu lo sappia già.

Domani è il tuo compleanno.

Mancano due minuti, anche meno, alla mezzanotte, ho preparato i fuochi d'artificio, vedi tu, spero che non pensi che abbia esagerato, ma che razza di amore può essere se non è esagerato? Sei appoggiata alla mia spalla e il modo con cui mi accarezzi il petto mi fa sentire la creatura più benedetta di tutto il pianeta, ti guardo, ti scosto i capelli dagli occhi per vederti meglio, faccio di tutto per vederti meglio, vivo per vederti meglio, in verità, l'amore è la capacità di vedere meglio chi si ama e di sentire più profondamente chi si ama, mi chiamano solitario ma non lo sono, mi piace stare bene nella profondità e là c'è così poca gente, Dio mio, il mondo vive in superficie e si trastulla così, noi no, noi viviamo all'interno del segreto, in fondo al mistero, mancano tre o quattro secondi, non di più, sono pronto per dirti che per me conta solo ciò che conta per te, un secondo e ci siamo, resisti perché sarai ancora più felice, sempre più felice.

Oggi è il tuo compleanno, e tuo marito ti ha appena chiamato per essere il primo a farti gli auguri, che fortunato.

Attraverso di te mi trasformo in me.

Sono la forza che ho quando ho te. Gli altri possono pensare che queste sono parole vuote, dichiarazioni puerili, ma cosa ne sanno gli altri di noi? Non mi è mai piaciuto andare avanti tanto per andare avanti, fare tanto per fare. Penso dunque amo, io vivo così. Non ho bisogno di consensi, solo di emozioni, quel tipo di emozioni che si hanno solo quando si ama così – quando ti amo così.

Prima di te potevo anche amare ma di sicuro non sapevo cosa fosse l'amore.

Mi hai insegnato a sentire meglio, a guardare tutte le sfaccettature di ciò che la vita mi dà e a scegliere le più interessanti, le più felici. A volte non è facile, arriva una botta di depressione, una ventata di tristezza, ma tu e io sappiamo, e tutti quanti dovrebbero saperlo, che solo le persone buone si deprimono, e le migliori sono quelle che sbagliano di più.

Quando arrivo alla fine della giornata e penso di non aver commesso nessun errore, allora capisco che ho sbagliato qualcosa.

Siamo persone perché sbagliamo, il resto arriva di conseguenza. Con te non ho paura di sbagliare, questa è stata la prima lezione che ho appreso. Prima di te rifiutavo l'errore come se rifiutassi una violenza, come se l'errore ferisse in profondità – ma l'errore accade perché c'è stato un tentativo, perché c'è stata creatività, perché qualcuno ha osato. Chi continua a fare sempre le stesse cose non sbaglia, ma allo stesso tempo non è. Non sarà mai. L'essere ha a che fare con l'esitare, ha a che fare con il tremare, ha a che fare con il piangere, ha a che fare con l'euforia, con i salti, con la danza, con la caduta. L'essere ha a che fare con il donare: donare tutto, *all in*, nel momento in cui si dona. Prima di te può anche darsi che mi sia donata completamente ma non mi sono mai sentita completa.

Siamo della stessa misura delle paure che siamo capaci di curare in noi.

E amiamo anche nella stessa misura. L'amore si misura con le paure che siamo capaci di superare, in noi, grazie a noi, fianco a fianco, senza smettere mai. Il nostro è iniziato avendo tutto da perdere e ancora persevera, eroe come solo lui sa essere. Niente ci accomunava, venivamo da mondi differenti, ma un mondo non è fatto da chi ci vive: è fatto da chi ama. Ed è per questo, in prima istanza e in tutte le istanze, siamo onesti, che il mondo esiste: perché qualcuno possa amarsi. Noi lo facciamo ogni giorno con la sensazione che non ci costi niente, anche se molte volte costa tanto. Ma quando comprendere fa male, cedere fa male, credere fa male, basta pensare a come sarebbe non comprendere, non cedere, non credere per capire che quando si ama non esiste una seconda opzione: o ami o ami, e scegli sempre di amare.

Se mi chiedessero di scegliere tra perderti e morire, risponderei che sarebbe esattamente la stessa cosa e correrei ad abbracciarti.

Mi prendi, per favore?

FORZA: s.f. La ricchezza degli innamorati.

(manuale dell'assurdo per tutti)

1. Essere vuol dire essere compreso – ma è l'amore la forma più assoluta di comprensione.
E anche l'unica, in realtà. Comprendiamo ciò che ci coinvolge, ciò che siamo capaci di assimilare emozionalmente. Il resto possiamo anche capirlo, ma non facciamo il minimo sforzo per comprenderlo. Puoi perfino credere che comprendere e capire siano la stessa cosa, ma sono due cose ben diverse. Un giorno lo comprenderai, o almeno lo capirai. Va bene così.

2. La società è un contratto – ma tu sei un foglio bianco.
Scrivilo, riempilo, scarabocchialo, strappalo, se preferisci, ma per favore non lasciarti influenzare da qualcosa che chiaramente, infelicemente, non esiste. Nelle tue mani c'è solo tutto ciò che riesce a stare nelle tue mani. Fai quello che fai in modo che sia realmente fatto da te – oppure di tuo farai poco. Molte cose ti sfuggono ma molte altre ti appartengono. Esplorale. Va bene così.

3. Il dubbio costa, la certezza non esiste – ma tra i due sono certo di preferire il primo.
Chi non ha dubbi è certamente un idiota, e ho dubbi anche sul fatto che possa essere una persona. Essere una persona vuol dire esitare, rimanere nel mezzo, non sapere bene chi si è, da dove si viene e dove si va. Se non sai dove andare ma sai di andare: vai. Vai senza esitare. L'aspetto positivo dell'incertezza è che ci sarà sempre una sorpresa. Va bene così.

4. Il desiderio è follia – ma la follia più grande è l'assenza di desiderio.
Ciò che ci definisce è, in gran parte, ciò che desideriamo: ciò per cui siamo disposti a fare di tutto. La mancanza di desiderio è una morte nascosta, un mucchio di merda puzzolente. Chi desidera tutto e anche qualcosa in più è, al limite, troppo vivo – ma non credo proprio che ci sia niente di male nell'essere troppo vivi. Vivere davvero è riservato a un'élite di folli – e anche non vivere. Scegli il lato della follia che preferisci. Va bene così.

5. Confida negli altri e non avrai bisogno di confidare in nient'altro – ma confida in te e sarai pronto a confidare negli altri.
Tu sei l'inizio e la fine di te stesso, e per quanto possa sembrare un concetto elementare c'è ancora chi non lo afferra (o almeno chi non dimostra di averlo afferrato). Devi scegliere una delle due opzioni: o cominci da te o in te finisci. Preferisci quella che ha più futuro. Va bene così.

6. Non è il rigore che fa progredire il mondo, è l'immaginazione – ma tutta l'immaginazione ha bisogno di una buona dose di rigore.
I sogni che non hanno mai smesso di essere sogni non hanno mai cambiato il mondo. Ciò che cambia il mondo sono i sogni che smettono di essere tali: sogni frustrati che si trasformano in solide realtà. Perché questa metamorfosi accada è importante che nella demenza ci sia una certa dose di esattezza: creare una demenza efficace. Trova la tua. Va bene così.

7. Tutto ciò che abbiamo dentro di noi lo abbiamo messo noi – ma anche tutto ciò che vediamo negli altri.
Siamo emissari e recettori di tutto ciò che siamo. Vediamo nell'altro quello che siamo: lo guardiamo alla luce di quello che guardiamo noi. Sei responsabile di tutto ciò che sei – e questo, anche se non vuoi, significa che sei u-

gualmente responsabile di tutto ciò che non sei, di tutto ciò che non sei stato capace di essere.

8. Siamo tutti invenzioni recenti – ma solo alcuni di noi hanno l'umiltà di capirlo.
Abbiamo *bug*, problemi di hardware, di software, sempre *upgrade* da fare, nuovi programmi da installare. Siamo tutti versioni beta di ciò che potremmo essere. Siamo sistemi altamente fallibili, terribilmente capaci di andare in *crash* (credo di aver appena battuto il record nazionale di parole straniere all'interno di un testo in portoghese, non c'è bisogno che applaudiate), infinitamente bisognosi di aggiornamenti. Il nostro lavoro è riuscire a comprendere da dove arrivano gli aggiornamenti che ci interessano – quelli che migliorano il nostro rendimento – e da dove arrivano quelli che non ci interessano – quelli che aggiungono soltanto confusione all'interno del nostro sistema. Nella migliore delle ipotesi siamo sistemi effimeri, finiti – pronti a essere sostituiti da modelli nuovi di zecca che ridono dei nostri limiti – a medio termine. Va bene così.

9. Una corrente di pensiero è una corrente di pensiero – ma è anche una corrente di pensiero. Quale parte della parola «corrente» non riesci a capire?
Seguire una corrente vuol dire restare intrappolato in una corrente. Manda al diavolo chi vuole importi un modo di pensare, esattamente come io ho appena fatto con te. Scegli la tua corrente ma anche così legati a lei in maniera superficiale, per potertene allontanare quando ne sentirai il bisogno. Tu sei la tua corrente di pensiero, e difficilmente riuscirai a scappare da te stesso. Va bene così.

«Chiedo perdono per tutti gli "è troppo tardi".»

Lei gli disse queste parole e lui capì che aveva di fronte la donna che aveva cercato per tutta la vita – lui che non aveva mai cercato nessuna donna nel corso della sua vita. Si trovavano all'entrata di un teatro per andare a uno spettacolo ed entrambi erano arrivati in ritardo. Si guardarono e sorrisero quando videro la porta chiusa. Ormai era davvero troppo tardi per quello che avrebbe dovuto essere, ma erano perfettamente in orario per quello che sarebbe stato. Raramente la vita va come avevamo pianificato ma, anche così, tutti siamo sempre quello che dobbiamo essere. L'amore è ciò che nessuno immaginava sarebbe potuto succedere ma che poi tutti riconoscono come inevitabile.

«Non mi interessa sapere se credi o meno agli extraterrestri; mi interessa sapere se credi o meno all'umanità.»

Lui rispose di sì, ma aggiunse che se lei glielo avesse chiesto qualche minuto prima, prima di conoscerla, la risposta sarebbe stata senz'altro negativa. Nella vita ci sono momenti che ci fanno cambiare quello che siamo – ma forse sono solo i momenti grazie ai quali scopriamo finalmente chi siamo.

«Morire non vuol dire smettere di respirare; morire vuol dire essere dimenticato.»

Lei gli scattava mille foto – proprio così: mille – al giorno per non perdersi nulla, per non dimenticare mai quello che stavano vivendo. Voleva documentare ogni istante, ogni evoluzione. Un giorno avrebbe capito che anche le fotografie, che lei stampava religiosamente tutti i giorni in vari esemplari (aveva una seconda casa, che chiamava «casa dell'eternità», dove le conservava tutte), sarebbero state dimenticate. Ma ci sarebbe voluto ancora molto tempo, anche perché inviava migliaia di esemplari via posta a perfetti sconosciuti che sceglieva a caso. Il segreto per essere ricordati è non aver paura di diffondere sé stessi.

«Ho sprecato tutta la vita cercando di risparmiarla.»

Lui lo capì solo ora, dopo averla conosciuta, dopo aver conosciuto qualcuno che non si risparmiava in niente. Risparmia solo chi non ha niente; chi condivide, propaga, si spinge più lontano. Risparmia solo chi non ha niente ma pensa di avere qualcosa – non condividendola, però, cerca solo di nascondere il fatto che non ha niente da condividere. Chi ha sostanze le condivide anche se non vuole. Non sono gli egoisti che non danno, sono i cretini – che si chiamano «egoisti» perché non capiscono di essere cretini. Amare vuol dire condividere ciò che è nostro e che continua a essere nostro anche dopo essere stato condiviso. Ancora meglio: amare vuol dire dare ciò che è nostro e comprendere che, dopo aver dato tutto, ci rimane il doppio o il triplo di ciò che avevamo. Chiunque può dare tutto ciò che ha, ma solo chi non ha mai avuto niente rimane a mani vuote dopo aver dato tutto.

«Capisco molte cose delle persone in base a quello che loro vedono in me.»

Disse lei quando vide gli sguardi di stupore nel momento in cui lo baciò con la lingua, a mezzogiorno, in mezzo alla chiesa del paese dove vivevano. E tu: che cosa hai visto in lei?

– Si insegna ad amare amando. Quando avrò un figlio gli insegnerò tutto senza mai insegnargli niente. Farò. Sarò. Poi lui sceglierà cosa imparare. Il grande professore non insegna nulla: propone delle scelte. Pensare è prima di tutto scegliere, e vivere.

– L'amore è la lezione migliore, la lezione suprema?

– L'amore non ha niente da insegnare. Chi ha amato per cinquant'anni non sa niente sull'amore proprio come non sa niente sull'amore chi non ha mai amato. Conosciamo solo la persona che amiamo. Ma l'amore non è la persona che amiamo. Quando diciamo «sei il mio amore» non sappiamo cosa stiamo dicendo. Quando diciamo «sei il mio amore», in verità stiamo dicendo che quella persona è la rappresentazione di qualcosa che occupa lo spazio che in me riservo all'amore. Ma lei non è il mio amore.

– Chi è?

– Il mio amore sono io. Non nel senso di autostima o di autoapprezzamento o di amor proprio. No. Il mio amore sono io perché è in me, nell'Io, che si trova il mio amore. Ed è questo spazio, questa residenza, che viene poi occupato da quella persona che chiamo amore. Ma questa persona non è il mio amore: rappresenta il mio amore. Sta là, dove deve stare l'amore. Ma anch'io sto là, dove deve stare l'amore.

– Siamo sempre bigami: affittiamo l'amore, lo spazio dell'amore, a dei residenti. E continuiamo a vivere, noi e loro, nello stesso cantuccio. Io e il mio residente di turno siamo entrambi il mio amore. L'amore è la residenza a cui conduco chi amo. Siamo creature composte da due amori soli. Questa è la più grande fedeltà possibile.

– Siamo creature composte dalla nostra creatura. Ci creiamo in assoluta solitudine. Ciò che coltiviamo è sempre solitario, eppure arriva dagli altri. Abbiamo bisogno degli altri per aumentare la densità della nostra solitudine: perché la nostra solitudine diventi migliore. Chi non è capace di stare da solo è profondamente solo.

– Amare è un atto di egoismo.

– Amare è un atto d'amore, e l'amore, per quanto non sia facile accettarlo, è lo stadio più profondo dell'egoismo umano. Amiamo per sentirci pieni. Amiamo nel nostro nome. E solo successivamente, forse, possiamo compiere azioni di un altruismo eroico ineguagliabile. Chi dà la propria vita perché un'altra persona possa vivere è profondamente innamorato di sé stesso, talmente innamorato di sé stesso da credere che la maniera migliore per alimentare l'amore che prova a livello assoluto sia rinunciare alla parte fisica dell'amore che prova.

– Amare l'altro è sempre un atto gratuito.

– E nel frattempo non smette mai di essere un atto di puro opportunismo. Mi do per essere migliore, per amarmi meglio. Approfitto di te perché mi desidero migliore. Ti amo per amarmi meglio, perché il mio amore, in me, duri più a lungo, sia più amore.

– Mi ami per amare meglio te stesso?

– Sì, scusami.

– È la dichiarazione più fredda e più bella che abbia mai sentito in tutta la mia vita.

– Mi ami per lo stesso motivo?

– Senza se e senza ma. Ti amo per amarmi meglio.

– Siamo la coppia più fredda e più bella che conosca. In noi c'è qualcosa di amorevole ma anche di diabolico.

– Ecco l'amore.

– Però adesso basta con la parte amorevole. Ci dedichiamo a quella diabolica?

– Non vedo l'ora.

Sperare è faticoso. Passano i medici, passano gli infermieri. E io qui, perso, non so se credere che tornerai, non so se credere che a breve aprirai gli occhi e dirai «ti amo» e sentirai «ti amo» per poi tornare ad amarci. Apri gli occhi per insegnarmi a vedere di nuovo.

La cosa peggiore dell'amore è dipendere dalla vita.

Non faccio altro che pregare affinché chi comanda questa baracca ti dia l'opportunità di darmi un'altra opportunità. Se resterai viva abbiamo tutta la vita davanti. Per favore rimani soltanto un po' di più, soltanto una vita in più.

Sono pronto a dare in cambio tutta la mia vita perché tu possa ritornare.

I tubicini ti escono dal naso, c'è uno strano odore di perdita, qui. Tutti gli ospedali odorano di perdita, odorano di ciò che è già stato, di ciò che è passato di qui e non è stato nient'altro che questo: un passaggio. Tutti gli ospedali sono luoghi di passaggio. Tutte le vite sono luoghi di passaggio. Tutti noi siamo luoghi di passaggio.

Voglio che tu sappia che in me tutto passa tranne te.

C'è una vita intera da passare con te. E finché ci sarà una lacrima da piangere sarò qui, a piangerla, perché solo gli uomini piangono, aspettando di poter finalmente smettere di piangere, perché tu sei tornata, perché mi hai guardato, perché mi hai chiesto «portami via con te ché qui dentro si mangia malissimo», e io allora asciugherò questa lacrima, sempre la stessa nonostante siano molte (quando si ama si piange solo una lacrima, sempre la stessa, che si estende e ci estende e ci comprende), sorriderò in tutti i modi possibili (quando si ama ci sono milioni di modi per sorridere, lo sai; quando si ama il sorriso non passa; amare è questo, semplicemente questo, per sempre questo: un sorriso che non passa), ti darò un bacio leggero sulla testa, un altro bacio leggero sulla bocca, e tutto il mio peso se ne andrà così, con baci leggeri sulla tua pelle che mi guarisce dal dolore.

Sei la sensazione che non ci sia dolore che mi possa fermare fino a che tu non ti fermi in me.

È tornata la dottoressa, ha quello sguardo con dentro una ferita, come se fosse abituata alla morte, abituata al dolore. Ma nessuno si è mai abituato all'insopportabile. Mi dice che la situazione è stabile e anch'io rimango stabile: aspettando che tu venga a salvarmi dalla tua assenza. Sono ciò che non sei, poco altro. Quando non ci sei sono questo, solo questo, orgogliosamente questo: ciò che non sei. So essere solo quello che tu sei in me. Sono ciò che mi lascerai essere perché è l'unica cosa che desidero essere.

Amare vuol dire essere sempre ciò che vogliamo, e ciò che vogliamo essere è esattamente il significato di amare.

E adesso che non so se tornerai, adesso che la dottoressa che ha una poesia triste nella voce mi ha detto che non sa se tornerai, mi viene voglia di farti tutte le promesse che non ho mai saputo mantenere, che non sono mai stato capace di mantenere. Fino a oggi. Fino a te. Fino a questa assurda impotenza. Fino alla possibilità della tua fine. Ad esempio, prometto che non avrò mai più paura delle parole che sento. Prometto che parlerò, che piangerò, che tenterò, che lotterò. Prometto soprattutto che andrò avanti. Per quanto possa far male, è farà male spesso, per quanto possa sembrare impossibile, e molte volte lo sembrerà. Prometto che sarò tuo fino all'ultimo secondo, o fino a quando mi dirai che non mi vuoi – che Dio non voglia.

Prometto che celebrerò il tuo risveglio ogni giorno: basta come dichiarazione d'amore?

Torna, dai. Torna da quel luogo tenebroso che non so quale sia, ma che può soltanto essere tenebroso e orribile perché io non sono là con te. Torna per farmi tornare. Lasciami essere egoista: torna per farmi tornare.

E l'amore è soprattutto ciò da cui non si torna più indietro.

Mi diranno che esistono persone che hanno superato la perdita di un amore. Ho pena di loro perché vuol dire che non hanno mai amato.

FORMAZIONE: s.f. Ciò che accade solo agli intelligenti e agli innamorati, perdonate la ridondanza. Gli asini vogliono capire l'amore, gli altri preferiscono amare.

L'amore serve a darci una direzione, ma serve ancor di più a farci prendere strade inaspettate.

Ed è proprio ciò che hai fatto con quella che ero – così diversa da quella che sono adesso, mio disgraziato. Sei arrivato e mi hai scombinato, semplice.

L'amore serve a scombinarci.

Ero una donna indolente, immobile, e pensavo che la vita fosse una passività felice – esiste forse una contraddizione («ossimoro» diresti tu, con la mania di precisare sempre tutto) più grande di questa? Avevo un marito equilibrato, una vita equilibrata, una professione equilibrata, e in loro credevo, credevo fossero il mio destino. Ma nessuno è mai destinato a nulla, è questo il nostro destino, grazie a Dio.

Non bisogna preoccuparsi quando dall'amore nasce una discussione, ma quando non ne nasce neanche una.

Non si può amare come se ci stessimo tagliando le unghie o lavandoci le mani. L'abito fa il monaco ma l'abitudine disfa l'amore.

Uno dei momenti più belli della vita è fare l'amore – e uno dei più brutti è sicuramente disfarlo.

Bisognava concludere ciò che forse non era mai iniziato. Non siamo mai stati nient'altro che gente troppo seria, adulti troppo cupi, troppo isolati. Per fortuna sei arrivato e hai scherzato, sei stato incosciente e temerario, se togliamo il pericolo dalla nostra vita rimangono un sacco di cose, tranne la vita.

Adesso prendo l'amore sul serio, ma non smetto mai di giocarci.

L'amore è allegria, è così semplice, l'amore è allegria e il mio non lo era, mi ha fatto male ma ora è finito, ho proseguito la strada insieme a te, sconsiderata come non mai, felice come sempre quando sto con te. Rinunciare a ciò che ci fa perdere la ragione è la perdita più grande, si resiste a tutto tranne che all'irresistibile, a ciò che non resiste nemmeno a noi, né alle nostre paure, ai nostri pregiudizi, resisto a tutto tranne al pensiero che non mi resisti.

Ciò che non è mai successo non è mai esistito – e perciò esiste per sempre.

Il rimpianto è ciò che non è mai esistito e che si perpetua in una memoria di emozioni perdute, di emozioni inespresse. Siamo ciò che siamo capaci di dire e ancora di più ciò che non siamo capaci di dire. Ti ho detto «voglio» e «vado» e sono rimasta totalmente in disaccordo con me stessa, che meraviglia. La creazione nasce dalla dissonanza – non esiste amore senza disaccordo. E da poco ho capito che non eri solo un sogno, eri la realtà – la mia. Amare è anche sapere che le fiabe non esistono, eppure viverle lo stesso: vuoi essere ogni giorno il mio principe disincantato?

Il principe incantato rompe l'incantesimo, ma è capace anche di lasciare gocce di urina sul coperchio del water.

E l'amore è così bello, non è vero?

I

Respirava solo nei giorni di sole.

Non era poesia: era malattia.

Quell'uomo poteva respirare soltanto al sole: il male, diagnosticato precocemente e per il quale non c'era ancora un nome (e tantomeno una cura), lo obbligava a viaggiare di città in città, di paese in paese, alla ricerca del re degli astri. Riusciva a rimanere al massimo dieci ore lontano dai raggi del sole – e nessun macchinario (aveva tentato con il solarium, con gli spray abbronzanti, con lampade artificiali della più diversa specie e provenienza) era in grado di sostituirlo.

Non era dipendenza: era sopravvivenza.

Il destino volle che un giorno, durante uno dei suoi molti viaggi, incontrasse all'aeroporto una giovane donna, della quale si innamorò, che soffriva di una malattia particolare: respirava solo nei giorni nuvolosi.

Non era ironia: era pedagogia.

La soluzione che trovarono fu semplice: stavano insieme tra un viaggio e l'altro, in periodi (e luoghi) di passaggio: aeroporti, stazioni ferroviarie, stazioni degli autobus. Così si sposarono, così vissero insieme, approfittando di ogni momento di passaggio come se fosse un momento di passione.

Non era una benedizione: era una decisione.

Quando lei rimase incinta si pose subito il problema: con chi avrebbe vissuto il bambino? Preferirà vivere al sole o alla pioggia?

Sinceramente non ho ancora deciso.

II

Titan disse: saltare è il volo dei poveri.
Ritha disse: comprare è l'amore dei ricchi.
Entrambi si spaventarono quando sentirono suonare l'allarme del negozio di vestiti da cui stavano uscendo.
«Saltarono dalla paura», disse chi li aveva visti.

III

Erano techno freak. Chiamarono la loro figlia iVone.

IV

Titan aspirava la sua spazzatura con la bocca: «Quello che è mio, è mio, anche se è spazzatura».
Ritha non se ne preoccupava, al contrario del medico che dovette operarlo varie volte d'urgenza, a causa di complicazioni intestinali.

V

iVone era una bambina ossessionata dai dadi. Li lanciava continuamente e li portava ovunque. Era, alla fine, quasi come gli altri della sua famiglia, che non potevano vivere senza *dati* mobili.

VI

Titan e Ritha avevano gli stessi gusti sessuali: lei a quattro zampe e lui di dietro. Era effettivamente l'unica posizione in cui entrambi potevano vedersi, durante l'atto, nello specchio gigante posizionato sulla testata del letto.

VII

Guardando per la prima volta la nuova babysitter di iVone, Titan si sentì mancare il respiro all'improvviso. «Calma, è passata», lo tranquillizzò Ritha dopo aver coperto il piccolo raggio di luce che voleva entrare dalle fessure della persiana.

FOSSO: s.m. Sinonimo di squilibrio stabile. Solo quelli che non temono lo squilibrio riescono a equilibrare il mondo.

Morirei affinché tu possa morire per me.

D'amore, chiaramente.

Lei con il sorriso distante: sei proprio brutto ma usi parole bellissime.

Lui passava gli intervalli nascosto dietro il padiglione, da solo, per poterla vedere appoggiata al muro d'entrata della scuola insieme alle amiche.

Scommetto che il modo in cui tieni la sigaretta ne annulla gli effetti nocivi.

Un altro biglietto di lui nell'armadietto di lei, accompagnato come sempre da una fotografia.

Voglio che mi ami nonostante me, capisci?

Il sorriso di lei: sei proprio brutto ma usi parole bellissime.

Se vuoi ti insegno la matematica con dei poemi.

E la fotografia, e l'armadietto, e il sorriso di lei.

Va bene.

Perfino va bene è una dichiarazione d'amore quando si desidera così tanto, perfino va bene è una profonda dichiarazione d'amore quando si desidera così tanto.

Se vuoi ti insegno la filosofia con gli abbracci.

Questa era più prevedibile, l'amore a volte è prevedibile.

In realtà se non è mai prevedibile non è amore.

L'abbraccio è filosofia del corpo, filosofia circolare, senz'altro Kierkegaard sarebbe d'accordo con il fatto che l'obiettivo principale della filosofia è far innamorare.

Ho preso diciotto, la prova di matematica è superata.

1

8

Diciotto.

Matematica è poesia.
Ho preso 19, la prova di filosofia è superata.
Dammi un abbraccio.
Per la prima volta nella storia di tutte le storie scolastiche del mondo si festeggiò un grande voto in una materia con la materia stessa.
Una specie di metafesteggiamento, no?
Dammi un abbraccio.
Lei andava all'università, lui andava all'università.
Lui studiava nei dettagli la possibilità che potessero finire nella stessa classe, se possibile nella stessa aula, se possibile ben appiccicati fianco a fianco.
Mi sono fatto la doccia tre volte così mi puoi toccare il braccio senza volerlo per tre volte.
La frase vicino alla borsa di lei sul tavolo dell'aula, la fotografia.
Sei proprio brutto ma sei anche così bello.
Le parole che disse lei.
Hai detto proprio così?
Sì, aveva detto così.
Lui si zittì, lei si zittì, uscirono immediatamente dall'aula.
Solo la professoressa non riuscirono a zittire.
Sì.
Sì.
Si sposarono alla fine di tre anni e di due corsi.
Uno dell'uno e uno dell'altra, ovviamente.
Soffrirono molto, crebbero molto, scherzarono molto, amarono molto.
E soprattutto cambiarono molto.
Tutto cambia in noi tranne ciò che ci fa essere noi.
Cambiò tutto tranne i di lui biglietti disseminati nella vita di lei.
Sei proprio bello, sì, sei proprio bello.
Amare è ridondante.
E amare è ridondante.
Ed è ridondante amare.
Perché amare è ridondante.
Morirei affinché tu possa morire per me.

E lei morì.
E lui mantenne la promessa.
E morirono per sempre felici e contenti.

1.

Quando aprì la porta tutto cambiò. Oppure, in realtà, tutto rimase uguale a prima anche se tutto era mutato. Quello che accadde si può riassumere in poche parole:

C'era una volta una donna che credeva che la fine del mondo decretasse anche la fine dell'amore – una donna come tutte le donne, meglio ancora: una persona come tutte le persone. Ecco che un giorno questa donna ebbe un istante rivelatore (chi non ha mai vissuto uno di questi momenti scagli la prima pietra): un pezzo di carta appoggiato sulla panchina di un parco, strappato da un lato. Quello che si riusciva a leggere era:

A mezzogiorno.
Hotel 203.
Stanza 112.

È vero che questa donna aveva un impiego, è vero che sarebbe dovuta rientrare al lavoro nel giro di dieci minuti, ma è anche vero che la curiosità esercita un fascino molto forte nell'animo umano – c'è persino chi dice che la curiosità valga più dell'intelligenza. Era andata così: vinse la curiosità, la donna decise (fu obbligata dalla curiosità) di trascurare quello che doveva fare e dedicò il tempo che le rimaneva alla ricerca forsennata dell'hotel e della stanza. Non si sa perché, non si è mai saputo il perché – nemmeno lei, probabilmente, saprebbe spiegare perché. Girò tutti gli hotel della città che trovò sulle mappe, sui motori di ricerca. Ma niente: non ce n'era nessuno con quel nome.

Rinunciò, come tutti rinunciano, quando il corpo si fece sentire, quando le mancarono le forze. Passiamo la vita a parlare di anima ma è quasi sempre il corpo che decide cosa siamo, che tristezza. Tornò a casa, l'autobus pieno, sudori, odori, confusioni, vite perdute in mezzo ad altre vite perdute.

– Che cosa?

Aprendo per caso la homepage di un giornale trovò la notizia che le fece tremare le gambe: ed ecco di nuovo il corpo che decide tutto: tremano le gambe e tutto trema dentro di noi.

– Non può essere, non può essere! Non può essere!

Lo disse tre volte a voce alta e molte di più dentro di sé. Ma poteva essere. Ed era proprio così: la sua azienda, l'edificio della sua azienda, per essere più precisi, era appena esploso.

– No, no! No!

Che strana mania questa degli umani: abbiamo bisogno di ripetere a voce alta quello che non riusciamo ad assimilare, abbiamo bisogno di ascoltare quello che non vogliamo pensare, viva l'incoerenza.

– E adesso?

Lo disse solo una volta, tutti quanti, nell'autobus, la guardavano come si guarda un fantasma, e avrebbe potuto esserlo – un fantasma – senza la sua curiosità, senza quel foglio sulla panchina del parco. Ci sono lettere che ci salvano la vita, l'aveva sentito dire spesso.

2.

Si svegliò molto presto, obbligata dal suono del campanello. Un pacco.

– Cosa sarà?

Batti, cuore; batti, cuore: sì, per l'ennesima volta il corpo comandava il resto – se avesse avuto ancora dei dubbi su chi è che detta legge, ora erano dissipati per sempre. Incarta e porta a casa, scettico.

È ora di finire il nostro racconto: abbiamo altro da fare e sicuramente anche voi lettori. E allora: un libro. Questo c'è nel pacco. Il titolo: *Hotel 203* – un thriller classico, carico di suspense. Da qualche parte là in mezzo, una dedica:

La curiosità uccise il gatto
ma salvò la donna.

Queste le parole del testo, scritto a mano, nel capitolo quarto, più precisamente alla pagina 112.

Un terrorista innamorato è la cosa più tenera del mondo, non trovate?

Quando aprì la porta tutto cambiò.

1.

Siamo la sensazione di quello che siamo, solo questo.
La vita è ciò che sentiamo di lei, per questo non esistono vite tristi, solo sentimenti tristi.
La felicità oggettivamente non esiste, ed è così che esiste in noi.
Siamo ciò che avanza di quello che ci succede, prendete da lì quello che volete, o che potete.
Tutti abbiamo ciò di cui abbiamo bisogno, ma non c'è niente di più umano che aver bisogno di ciò che non ci serve.

2.

Ci sono giornate pesanti, in cui vorresti solo fuggire.
Oggi avrei voglia di smettere di sopravvivere, lasciare cadere le braccia e la speranza. Gli eroi non rinunciano meno degli altri, semplicemente rinunciano quando nessuno li guarda. Allora girati dall'altra parte, per favore.

3.

L'eccitazione mi annoiava: quanto deve essere frustrato chi non si accontenta della monotonia? È la vita comune che rimane nella storia, anche se non si trova nei libri.
Domandate a chi ha cambiato il mondo cosa ha amato di più nella vita e vi dirà nient'altro che una banalità.

Non è della vittoria che si sente la mancanza, ma del bicchiere di champagne che l'accompagna. Ha più conseguenze sul futuro del pianeta una camicia ben stirata che la decisione di un qualsiasi tribunale supremo, nonostante io odi stirare.

4.

Il ricco pensa di essere libero perché vive in una gabbia dorata – o in due o tre o quattro.

Siamo creature fatte di ironia: amiamo la libertà che ci offre possedere cose che ci impediscono di essere liberi.

Il denaro non evita la felicità, ma la ritarda – o, nella migliore delle ipotesi, la nasconde dietro l'allegria di un marchio di lusso, una felicità in scatola, che fregatura.

RAGAZZO: s.m. Chi mette l'infanzia in ciò che vive; l'infelicità è spesso la conseguenza di un'eccessiva mancanza di inconcludenza.

1.

Ci sono giorni che nascono con la poesia nelle mani, come quando guardiamo a ciò che siamo con filosofia. Il vecchio calzolaio nella bottega all'angolo del quartiere, la signora stanca vicino alla fermata dell'autobus, o il modo in cui tutti i bambini ingannano di nascosto la felicità. Tutta l'inutilità ha lo scopo di metterci di fronte alla prosa infinita dell'assurdo. La profondità è una forma (la peggiore) di vanità. E la felicità è una forma di volontà, lo voglio dire.

2.

A volte vorrei avere la quiete nell'anima, essere felice un passo dopo l'altro, accomodarmi nell'incredulità; ma in poco tempo raggiungo me stesso, e quello che vedo quando rimango fermo mi annoia. Vivo per cambiare: ecco l'unica verità che non sono mai riuscito a cambiare. Potrei, è vero, avere più attenzione, ma preferisco avere l'amore. È l'unica cosa che mi basta per avere tutto.

3.

Ciò che è sordido nutre l'angelo, in una guerra infinita che nausea e affascina. Si vive per opposizione, si ama perché si vuole essere amati. Per questo l'unica vera morte è la noia, la misura definitiva di tutte le filosofie, di tutte le religioni. La disperazione è più umana dell'indifferenza, come spesso la menzogna è più umana della verità. Si potrà allora dire che l'amore è la menzogna che ci sostiene, ma sarebbe falso; ma a chi interessa saperlo? Esploriamo allora la menzogna, senza giudizi sterili, senza preconcetti che ci ostacolano. Si studia la malattia solo per poterla curare.

Non sapeva cosa fare. Mai nessuno, in verità, sa cosa fare. Non facciamo altro che abbozzare risposte a domande che non sappiamo nemmeno se esistono. Dunque questa donna non sapeva cosa fare. Si trovava di fronte a un momento decisivo – esiste forse qualche momento che non sia decisivo?

Niente è decisivo, disse Luisa Maria, la sua amica di sempre. A cosa servono le amiche di sempre?

Fuori, all'entrata dell'ufficio dove le due amiche si perdevano in divagazioni filosofiche, un uomo come tanti altri guardava la vetrina di un negozio di automobili – di modellini di automobili. Si chiamava Guilherme e credeva nell'amore a prima vista: ed era proprio quello che stava provando per quella Ferrari in scala ridotta che nella sua immaginazione teneva nella mano destra. Si decise a entrare per tentare la sorte, o la sfortuna, non si sa mai di che sostanza è fatto il momento. Entrò, con il sorriso sulle labbra e sprizzando desiderio da tutti i pori.

Luisa Maria e l'amica, di cui ancora non conosciamo il nome, continuavano le loro divagazioni nell'ufficio. Fino a che una di loro, non si sa bene chi, disse un nome.

– Guilherme.

Le uscì così.

– Guilherme.

Semplicemente così.

– Guilherme.

Non ci sarebbe niente di strano se non fosse che questa donna (nessuna delle due donne, per essere più precisi) non conosceva nessun Guilherme. Nessuno. Niente. Eppure:
– Guilherme.

Guilherme, il tipo di prima, si trovava all'interno del negozio di modellini, che prendeva sul serio più della stessa vita. Essere bambini vuol dire prendere sul serio i giocattoli più di tutto il resto, senza lasciare che i giocattoli diventino una cosa seria – come se fosse possibile vivere in equilibrio sopra un trapezio (ed effettivamente vivere in equilibrio sopra un trapezio è l'unica forma di vita possibile, le altre sono subvite, o quasi vite, o vite piccolissime, insignificanti).
– No, mi dispiace.
Il commesso che lo servì, lo stesso commesso che lo aveva già servito decine o centinaia di volte prima di questa, non usava mezzi termini.
– No, mi dispiace.
La vita comincia ogni volta che qualcuno ci dice: «No, mi dispiace». Ed è esattamente ciò che accadde a Guilherme.
Basta continuare a leggere per scoprire perché, e come.

[fine]

[dialoghi che sarebbe bene esistessero nella realtà]

in tribunale

– Dunque le hanno dato la possibilità di scegliere tra rimanere senza casa o rimanere senza sua moglie, giusto?
– Sì, vostro onore.
– Molto bene. E qual è la sua scelta?
– Rimanere senza casa.
– Perché?
– Non vorrei mai rimanere senza un riparo.

a scuola

– Cosa stai disegnando?
– La mia famiglia, signora professoressa.
– Ma vi avevo chiesto di disegnare il mondo.
– Ed è esattamente quello che ho fatto.

all'ospedale

– Ben arrivato, dottore, ecco il suo braccialetto verde e il numero ventitré.
– Cosa significa?
– Significa che lei è un medico approvato dai pazienti.
– Ottimo, ottimo. E il numero?
– Siamo al numero ventuno. Vuol dire che basta che arrivino altri due pazienti e lei verrà chiamato per una visita.
– Eccellente, eccellente.

– Si accomodi pure nella sala d'attesa, per favore. Tra poco la chiameranno.
– Sì, certo. Grazie.

in azienda

– Mi ha fatto chiamare, capo?
– Sì.
– Che succede?
– Siamo abbastanza delusi da lei.
– Perché? Che cosa ho fatto?
– Mi conferma che oggi è il compleanno di suo figlio?
– Sì, capo.
– E mi conferma che lei si trova qui, di fronte a me, in questo momento?
– Sì, capo.
– E non si rende conto della delusione che sta causando a noi tutti, qui, in azienda?
– Mi rendo conto, capo.
– Come capirà, ci vediamo costretti a licenziarla.
– Capisco, chiaro.
– Si consideri pertanto licenziato.
– Certo.
– Torni domani per essere assunto di nuovo.
– Senz'altro, capo.

La logica è una costruzione. Anche la realtà, alla fine, è una costruzione. È illogico non contestare la logica, non tentare di capire da dove viene, verso dove va, e soprattutto qual è il nostro posto al suo interno. L'amore è la cosa più illogica in assoluto, e noi viviamo, o perlomeno vorremo vivere, solo per l'amore. Devi riuscire a capirlo se vuoi pensare, e ovviamente amare.

RAGAZZO: s.m. Professionista degli scherzi; quando qualcuno ti dirà che la vita deve essere presa sul serio, non dargli retta: sta sicuramente scherzando.

Tra tutte le virtù, guardare è quella meno apprezzata. Raramente si sente qualcuno elogiare un altro per quello che vede, mentre tutto ciò che fa la differenza è, prima di tutto, vedere – che, mettiamolo in chiaro fin da ora, ha poco o niente a che fare con gli occhi. Si vede con la propria testa: è un processo mentale. Meglio ancora: un processo creativo. La creatività è la capacità di vedere in modo diverso, di vedere meglio: di vedere quello che sta dietro (o dentro) ciò che abbiamo davanti agli occhi. E solo dopo che qualcuno ci ha fatto vedere quello che ha visto, anche noi, gli altri, cominciamo a vederlo come se fosse sempre stato là. Ed effettivamente stava là – ma nessuno, tranne il tipo di cui adesso tutti si sono dimenticati, riusciva a vederlo. Riesci a vedere dove voglio arrivare?

Quando ti abbracciavo forse non avevo visto, amare è anche vedere, che non sarebbe morto, che una cosa del genere non muore.

Muore solo ciò che non si sente, non dimenticarlo mai, io non l'ho dimenticato, te lo garantisco.

La casa vuota, una estranea in me e io in lei.

Amare è l'assenza dell'estraneità, tu in un altro come se fossi tu, e i silenzi non danno fastidio, come non danno fastidio le parole.

La casa piena di spazi da riempire, la cucina in cui, la sala in cui, il corridoio in cui... dove passo ci sei tu, anche se non ci sei, e la cosa peggiore è che non ci sei veramente, mi guardo attorno, cerco, chiedo alla vicina.

Dov'è la mia vita?

Non risponde, neanch'io, non lo so, non posso sapere, dov'è la mia vita quando tu non ci sei?

La geografia è la scienza possibile. La geolocalizzazione è stata inventata per individuare il luogo in cui ci troviamo, mentre il luogo in cui ci troviamo di solito non ha niente a che vedere con la nostra geolocalizzazione. Siamo persone perché riusciamo a fuggire dal corpo, ad andare al di là (e al di qua) del corpo. Raramente sei nel luogo in cui ti trovi. Sei, questo sì, nel luogo in cui senti di trovarti. Ad esempio, in questo momento credi di leggere queste parole mentre invece ne stai leggendo altre. Senti quello che ti voglio dire?

La perdita è una puttana, sappilo.

Ci fa sentire tutto e ancora di più ci fa sentire quello che abbiamo appena perso.

Prima questo libro era solo un libro mentre adesso è il libro che mi hai dato quando... ci sono tanti quando in noi quando si perde in questo modo.

Continua a leggere, mi hai detto.

E io ho continuato, ancora continuo, mia cara, continuo a leggere le tue annotazioni agli angoli delle pagine.

Questi scrittori lasciano sempre parole da dire.

Ed era così che misuravi il talento di chi scriveva, dal numero di annotazioni che ti obbligava a fare.

Questo qui è bravo, si è dimenticato di scrivere molte cose, questo qui è bravo.

L'arte è questa cosa qui, la vita è questa cosa qui, vale tanto di più quanto meno dice, quando lascia uno spazio che puoi occupare.

La grande vita, la grande opera, contiene spazi vuoti che devono essere occupati solo da chi li visita.

Dico queste cose solo per convincermi, lo so, non tornerai e io devo convincermi che un giorno potrò tornare indietro almeno io, anche se sai che non lo farò.

Non si torna mai indietro da ciò che ci ha cambiato per sempre.

Questa volta hai ragione, per fortuna succede raramente, una volta avevi ragione sempre.

La cagnetta ti cerca in giardino, scodinzola quando trova qualcosa di tuo, ma poi abbassa le orecchie e geme sconsolata.

Non si torna mai indietro da ciò che ci ha cambiato per sempre.

La perdita è una puttana, sappilo.

E adesso lasciami abbassare un poco le orecchie, e gemere sconsolato.

[lei]

Vorrei tanto essere tua, anche se non ho mai smesso di esserlo.

Allarghi il tuo sorriso e io cedo, niente mi manipola di più del tuo sorriso, e le tue mani grandi nelle mie così piccole, la dimensione del tuo sguardo.

Avvolta da lui mi sento completa, protetta, in attesa che il mondo finisca per poter rimanere soli, io e te, per sempre.

Quando mi ami sono felice, e questo spaventa, capisci?

Nessuno si merita di provare un piacere così grande, tanto meno io, che sono solo una persona come tutte le altre.

Com'è possibile che l'amore più portentoso del mondo trovi spazio in una donna così normale come me?

Non so cosa fare, dovrei essere preoccupata per quello che potrebbe succederci fuori, per chi ci può fare del male.

Perché c'è tanta gente che vuole farci del male? Perché l'amore è così criminale?

Ma mi preoccupo solo di ciò che può accadere dentro di noi, voglio che mi ami, non importa dove o contro chi, se farà male e quanto.

Voglio che mi ami ma non riesco a essere abbastanza eroica da amarti immediatamente.

Ho bisogno di riposo, amare così tanto stanca, amare stanca, ma non amare uccide.

Devo pensare a qualcosa che ci porti via da qui, qualcosa che ci porti insieme da qualche parte, magari un colpo di pistola, chissà.

Può andar bene o ci tieni proprio a restare vivo?

[lui]

Non sono. Non sono mai stato. Non sono mai stato capace di restare da solo, di riuscire a stare da solo. Ho bisogno di persone. Ho bisogno di comprensione. Ho bisogno di spalle. Ho bisogno che ci sia qualcuno che mi faccia sopportare lo stare al mondo.

E tu c'eri quando ero solo. C'eri quando avevo bisogno che ci fossi.

Era questo, solo questo. Io e la mia incapacità. Io e la mia dipendenza. Ho bisogno di persone attorno a me per riuscire a stare da solo come si deve.

E lei è venuta. Non la amo. Non l'ho mai amata. Non la amo. Ricordalo. Per favore, ricordalo. Non l'ho mai amata. Non l'ho mai sentita attraversarmi le vene. Ma era là. E tu non c'eri. Non c'eri perché io non c'ero. Non c'eri perché io ero rimasto. Non c'eri perché avevo preferito la sicurezza. E lei era la sicurezza. Sempre disponibile. Sempre pronta a essere la mia solitudine.

Ci ho messo tanto per sentirmi pronto a essere accompagnato.

Sono pronto. Non so che ne sarà di noi ma dobbiamo stare insieme. Stare insieme qualsiasi cosa accada. Io e te. Qui o da qualsiasi altra parte. Non mi interessa sapere di chi sono, se non posso essere tuo.

Ci ho messo così tanto a comprendere la solitudine che l'unica possibilità che mi è rimasta è stare da solo.

Portami dove vuoi. Fai di me ciò che preferisci. Ma con te. Mi basta stare con te. Portami. E dovrei essere spaventato ma soltanto il tuo corpo può dare forma alle mie sensazioni. Mi riempi di te e mi sento così bene.

Portami dove possiamo esserci solo noi due. Anche se insieme a noi ci dovessero essere altre persone. Portami dove possiamo esserci solo noi due. Portami dove la mia solitudine si possa radicare nella tua.

E scusami. Scusami di essere arrivato solo ora.

Cammina con me fino alla fine del mondo. O semplicemente fino alla fine di me.

SPRECARE: v. Il contrario di amare; quando c'è l'amore nulla si disperde, tutto ci trasforma.

C'è qualcosa di strano nella voce di mio padre, una crepa, forse, come se le sue parole cedessero.

Voler bene a qualcuno vuol dire conoscere le sue parole dal di dentro, comprendere quello che non viene detto. L'ho letto ieri in un libro appoggiato sul tavolo del salotto.

Mia madre sorride come se stesse piangendo.

Amare vuol dire sapere che la distanza tra il sorriso e la lacrima è così breve.

La casa piena sembra vuota, tutto rimane uguale ma odora di muffa, la menzogna odora di muffa, odora di muffa.

Ti amo, sia quel che sia.

Gli adulti non pronunciano parole intere, usano quasi-parole, semi-frasi, sperano che il dolore faccia meno male se le frasi durano di meno.

Ti amo, sia quel che sia.

Mio padre mi abbraccia.

Le tue braccia sono eroiche, padre, tra di loro nulla mi ferisce, nulla mi tocca.

Il centro dell'amore è l'unico luogo del mondo in cui nulla ci ferisce, in cui nulla ci tocca. Solo l'amore, chiaro, ma chi non ha mai sofferto non è mai stato una persona. Non l'ho letto in un libro ma l'ho sentito in una canzone andata in onda alla radio durante il programma del mattino, quello che ascoltavamo insieme mentre andavamo a scuola, mio padre euforico per il nuovo giorno e mia madre con gli occhi pieni di sonno, che si svegliava lentamente, che sentiva lentamente.

I conduttori dicevano scemenze tutto il tempo ma a volte una loro frase mi rimaneva impressa.

La vita è incontrare, in mezzo a una manica di scemi, una persona che rimane impressa.

Va tutto bene, un giorno capirai.

Ora capisco, madre, ora capisco.

Ho appena visto mio padre svuotare il guardaroba, ha pianto tanto quando ha messo da parte la camicia che gli avevi regalato per il compleanno. La scelsi io, lui non lo sa ma la scelsi io.

Mio padre ha un bell'aspetto, lo dico tutti i giorni alle persone del collegio.

L'amore ha un bell'aspetto, mamma, papà. Amare vuol dire avere un bell'aspetto, perché no?

Il silenzio adesso fa male, non era mai successo.

La fine dell'amore arriva nell'istante in cui il silenzio comincia a far male.

Si ama ciò che ci trasmette pace e non ci opprime, non ciò che in noi non suscita niente, e ancora meno ciò che ci fa star male per qualcosa che non esiste più, per qualcosa che è passato. Soltanto l'assenza ci ferisce.

Ancora ci sei, padre, ti amo.

Ancora ci sei, madre, ti amo.

Ma non ho ancora capito come vi amerò da separati.

Siamo figli di un solo amore, non è vero? Come possiamo imparare a separare una parte di noi?

Quando sarò grande voglio essere amato, e, ovviamente, amare.

Non posso scegliere con chi restare, non si sceglie un braccio, non si sceglie l'angolo migliore per morire, non si sceglie un padre, una madre.

Voglio che siate felici, solo questo.

Io continuerò, crescerò, quando sarò vecchio voglio avere i miei cari vicino a me, e amare, non so se l'ho già detto.

È questo l'amore eterno che si trova nei libri, cos'altro dovrebbe essere?

Ti amai quando ti vidi per la prima volta.

A volte l'amore ha bisogno di una cecità temporanea, e l'amore è eterno quando la cecità è eterna, questa è la verità, oppure la menzogna, non saprei. So che ti ho desiderato come un pazzo da sempre, e pensavo che sarebbe durato per sempre, ma finalmente ho visto cos'eri e non mi è piaciuto come mi sono sentito vedendoti così.

Sei capace di essere la migliore persona del mondo e la peggior persona per me.

Sono ciò che non voglio essere quando sto con te: l'amore resiste a tutto tranne che alle cattive persone. Quando ho te voglio averti, solo questo. E poi qualsiasi cosa che non sia tu mi ferisce. Amo un amore malato, un amore senza mezzi termini, e perciò terminato. Amo un amore perso, e mi perdo senza di te.

Ora voglio la libertà, la capacità di smettere di volerti. Ma poi arrivi tu e io crollo. Che amore è questo, che mi impedisce di amare?

In realtà la cecità ci fa vedere. Sono accecato da te e riesco a vedermi tutto intero. Mi fa male vedermi, e solo tu riesci a farmi vedere. Voglio la cecità di un amore che nasconde, non la trasparenza insopportabile di un amore che fa vedere.

Ho smesso di amarti quando ho cominciato a vederti.

Adesso ti temo. Ti temo come si teme la felicità. Niente spaventa più di ciò che ci rende felici, perché solo ciò che finisce ci fa ricominciare.

Comincio di nuovo quando ti vedo di nuovo, vivo di nuovo quando ti bacio di nuovo. Il tuo corpo è un santuario, un confessionale dove non lascio che avanzi niente da sentire, nonostante abbia spesso rinunciato a dire.

Dico che ti temo tanto quanto ti amo, perché si ama solo quando si teme.

Prometto di avere paura.

Prometto di avere paura della perdita, del dolore, dei passi falsi. Prometto di avere paura di sentirmi completo, perché mi ferirà completamente.

Prometto di avere paura.

Prometto di avere paura delle parole impulsive, delle frasi mal dette, delle lacrime affilate. Prometto di avere paura anche delle cadute, della nostalgia che non passa, dei momenti in cui qualsiasi cosa fa soffrire.

Prometto di avere paura.

Prometto le gambe molli, la voce tremante. Prometto di non essere un eroe senza paura, perché io e te sappiamo che non è mai esistito un eroe senza paura, né tantomeno senza amore. Prometto di avere paura quando arriverà la decisione, avere paura quando tarderà l'abbraccio, avere paura quando mi mancherai.

Prometto di avere paura.

Prometto di non essere meno umano ogni volta che perderò l'equilibrio, di non essere meno persona ogni volta che arriverà il dolore, di non rinunciare a ciò che mi bilancia. Prometto che, per quanto mi possa spaventare, tutti i momenti saranno decisivi, per quanto mi possa spaventare, tutti i piaceri saranno esplorati. Prometto di avere paura di ciò che amo, eppure di continuare ad amare.

Prometto di avere paura.

Perché l'amore sicuro può essere tranquillo, sì, ma non è amore.

– Oggi la televisione non funziona, facciamo l'amore.
– Non so se mi piace questo programma.

Ci siamo conosciuti quando la verità era fatta da ciò che volevamo essere, non da ciò che eravamo, e alla fine la verità può essere sempre ciò che vogliamo essere, io lo credo, tu no?

Chiunque è ciò che crede di essere, ma non lo è mai, quasi mai. È così difficile essere quello che crediamo di essere, un muro attorno allo specchio, una menzogna felice. Chi ha inventato la menzogna cercava la felicità, cos'altro?

Ti dicevo che è possibile essere quello che crediamo di essere, non perché tendiamo a imparare, ma solo perché tendiamo a insistere, e insistiamo talmente tanto che alla fine accade davvero.

Il mondo si adatta a ciò che non ha nessuna possibilità di adattamento.

Quel che non ha rimedio, rimedio avrà, mia nonna in fondo alla memoria, mio nonno in fondo alla sala, il coltello in una mano, una mela nell'altra, un tovagliolo attorno al collo, i ricordi esistono perché possiamo vivere due volte, o tre, quelle necessarie affinché la vita, tutta la vita, passi attraverso ciò che non accade. L'infelicità non è avere ricordi tristi, è non averli.

Abbiamo tutto il pomeriggio per amarci, basta un letto e la vita prende forma, il letto è la più grande invenzione dell'uomo, direbbe una persona innamorata, altrimenti non è innamorata di niente.

Abbiamo tutta la vita davanti quando siamo girati in quella direzione, davanti, nessun segreto è un segreto, non esistono segreti, solo prospettive limitate, la perfezione è un limite felice.

Là fuori gli adolescenti si scoprono nelle strade, vicino ai muri, nascondono tutto quello che il corpo ha già mostrato, mettete il corpo al banco degli imputati e nessun processo terminerà senza una sentenza.

La musica serve a ingannare, l'arte serve a ingannare, a cosa diavolo servirà la vita se non a ingannare?

Mi viene in mente la prima volta che ti ho visto piangere, nessuno impara a vedere piangere chi ama, le tue dita che asciugavano una lacrima che ti avevo fatto sgorgare. Che grande figlio di puttana è colui che fa piangere chi ama, com'è possibile?

Ti ho detto cos'è che faceva male e ha fatto male all'improvviso, senza neanche un invito, il dolore peggiore è quello che viene senza essere invitato, quello che arriva all'improvviso, siamo lì belli tranquilli ed eccolo.

E poi tu, la tua prima lacrima, un ristorante affollato e io rinchiuso dentro il figlio di puttana che ero stato.

Perdonami ma non ero pronto per essere così grande, prima di te ero un tappo, un nano gonfiato, pensavo esistesse solo ciò che accadeva a me, che ingenuo.

Esiste solo ciò che ci fa esistere.

Un gioco di parole, un bacio, passerei la vita a fare giochi di parole in cambio di un tuo sorriso, proprio come quello che hai appena fatto.

Abbiamo un letto, la televisione non funziona e nessuna intenzione di aggiustarla, che Dio ci maledica se non approfittiamo di questo guasto per amarci meglio.

Potrei scrivere altre migliaia di pagine su come la tua pelle consuma la mia senza mai stancarla, ma non lo farò.

Tu sai perché, o perlomeno lo scoprirai tra poco, vieni qui, vuoi?

SPRECARE: v. Guardare senza sentire, desiderare senza toccare, vincere senza lottare, amare senza piangere; non bisogna buttare via niente di ciò che ci appassiona.

Sono una vecchia, figlio mio, perdonami, le mani mi tremano, ieri mi sono versata sui piedi l'acqua bollente della zuppa, non ti ho detto niente, non voglio che tu mi veda in questo stato, più vecchia che mai.

Siamo sempre più vecchi che mai, la vita è una corsa verso la vecchiaia.

Il massimo che ci è consentito essere è essere vecchi, che razza di sogni possiamo coltivare?

Il corpo trema, il tempo trema, ormai non riesco a scrivere neanche la lista della spesa.

Tuo padre la scriveva come se fosse una poesia, e forse lo era veramente.

C'è più poesia in una lista della spesa di chi ama che nel poema di un'antologia che nessuno ha mai sentito.

Tuo padre era il poeta possibile, il mio poeta, un giorno mi ha detto che mi desiderava più della terra in un anno fortunato, conosci una poesia più bella di questa?

Tuo padre con la matita che scriveva riso, pane, latte... la sua mano come quella di un pianista, tutti i giorni, tutto il giorno, a lavorare la terra e le mani di un pianista.

Siamo le mani che sentiamo, non quelle che usiamo.

La sua mano nella mia e nient'altro, bastava quello, mi dimenticavo di quello che dovevo dire, di quello che dovevo fare, di quello che dovevo essere.

Amare vuol dire essere ciò che è l'amore, e altre cose che non hanno nessuna importanza.

Il silenzio, mi fa male soprattutto il silenzio, mi guardano come se fossi morta, è questo che mi uccide.

Poter ascoltare è una mezza salvezza, porta con te almeno questa frase se non ti ricorderai nient'altro di me.

In gran parte siamo quello che ascoltiamo.

Ti amo, sì, oggi pomeriggio mi dai una mano a potare così ti desidero ancora di più?

La voce di tuo padre dentro ciò che ho perso, che merda di roba è la morte?

Sei un ragazzo così bello, hai la tua vita, la tua casa, vorrei morire con un nipotino tra le braccia, me lo prometti?

La giovinezza rimane come un quadro, appesa lì alla parete, le passiamo davanti, la guardiamo, quando la viviamo ci rende felici e quando la perdiamo ci mette al tappeto.

No, non voglio che tu rimanga, vai, tua moglie, tuo figlio, digli che quando crescerà sarà grande come il nonno, *il più maggiore della casa*, dillo così perché tuo padre diceva così, l'ho conosciuto così, parlava come parlano i bambini, e senza neanche accorgercene ci siamo messi tutti e due a fare quello che fanno i bambini.

Non pensare che fosse perfetto, lo sai, non lo era, discutevamo a causa del troppo amore, quasi sempre, perché ci volevamo così bene che il quasi-bene ci feriva, cercavamo di guarire e finivamo per ferirci di nuovo.

Umano non è non ferire, è ferire solo quando si vuole guarire.

Un accidente, ciò che diventa eterno è l'accidente, e tu, che non sei stato un accidente ma sei qui, a salvarmi dall'accidente finale.

Ti adoro, madre.

Ti adoro, figlio, chiudi piano la porta, ogni volta che si chiude sento di avere un giorno di meno.

Mi distendo, il letto gelato, con tuo padre non ho mai avuto una sola notte di freddo, con tuo padre non ho mai avuto una sola notte di niente, solo di lui, siamo sinceri.

Abbiamo dormito insieme circa ventimila giorni, l'ho calcolato tempo fa, e contando solo le notti.

Abbiamo dormito insieme quaranta o cinquantamila giorni, perché ogni volta che mi ricordavo di lui mi distendevo con lui.

La porta chiusa, il silenzio astratto.

Il silenzio è ciò che in lui vogliamo vedere, quando si ama, si ama perfino il silenzio.

La mano trema, il corpo trema.

Quando tornerai perdonami se non ci dovessi essere, va bene?

[vizi]

Abbiamo il vizio del limite. O, al limite, il vizio della speranza. Abbiamo bisogno, regolarmente, di una corda a cui aggrapparci senza che poi ci impicchi. Ad esempio, mi piace studiare l'invidia. Senza accondiscendenza, senza pregiudizi. Soltanto analizzare per cercare di capire. Mi dispiace ma non ci sono ancora riuscito.

[disperazioni]

Ci sono persone che vanno disperatamente alla ricerca del dolore degli altri. È l'unica possibilità che hanno di sentire qualcosa.

[futuri]

Nel futuro cerchiamo ciò che ci può dare speranza. In lui si nasconde la «possibilità di». Ed è la «possibilità di» che, a volte di più, a volte di meno, dà valore a ciò che siamo. Siamo ossessionati dal «può essere che». Può essere che domani faccia meno male, può essere che domani riesca ad amare di più, può essere che domani passi, può essere che domani sia felice. Fatalmente, perché la vita accade, anche il futuro accade. Può essere che ne valga la pena.

[piogge]

La pioggia è una specie di melanconia naturale. La guardiamo e pensiamo. È impossibile guardare la pioggia che scivola sul vetro e non pensare. La pioggia funziona come un rivelatore di menzogne: una radiografia dell'anima. Se ti accorgi che qualcuno è felice guardando la pioggia, invidialo. E sii felice a tua volta per quelli che, vedendoti, ti invidieranno. Molto spesso la felicità è pura apparenza: una ipocrisia neurologica. Ma è comunque felicità, giusto?

[scoperte]

Il bimbo del vicino piange come se tutto il mondo gli facesse male. E forse gli fa male davvero, forse scoprire tutto per la prima volta può ferire. A me fa male, fa ancora male. Ieri ho scoperto per la prima volta che quando una porta si chiude dietro di te la tua assenza mi fa male come la prima volta. E mi fa male fin dalla prima volta. Probabilmente amare vuol dire sentire sempre tutto per la prima volta, giuro che è la prima volta, e spero anche l'ultima, che faccio questo pensiero.

Tre cani in mezzo all'immondizia tornando a casa, notte fonda, nessuno per la strada.

Per la strada non ci sarebbe nessuno anche se ci fossero quelli che li hanno abbandonati.

Che razza di persone sono queste, che non si possono neanche considerare esseri umani?

Tre cani che cercano di sopravvivere in mezzo ai bidoni dell'immondizia. Gli occhi.

Vieni qui, vieni a salvarci.

Chi abbandona un cane uccide un cane.

Cosa si può fare quando qualcuno ci priva di ciò che siamo?

L'abbandono è la morte più grande, un'umanità che nessun umano possiede.

Vieni qui, vieni a salvarci.

Viene voglia di smettere di credere nelle persone quando hai davanti tre cani abbandonati in mezzo alla spazzatura.

Quando sarò padre insegnerò a mio figlio a essere una persona, nient'altro.

Un abbraccio, un bacio, comprendere che la vita è salvare altre vite, poco altro, o addirittura nient'altro.

Vieni qui, vieni a salvarci.

Le nostre lacrime tornando a casa, davanti ai tre cani nell'immondizia, lo stomaco stretto in una morsa, non essere capaci di passare oltre facendo finta di niente.

Cos'è che fa più male di chi passa oltre il dolore facendo finta di niente?

Ti abbraccio, voglio nasconderti in me e nascondermi in te.

Amare vuol dire nascondere e proteggere nello stesso abbraccio.

Cambiare il mondo vuol dire smettere di lasciare tutto così com'è, è così semplice.

Vieni qui, vieni a salvarci.

Uno dei cani cerca di placare la fame con una confezione di latte, i suoi denti come lame dentro di me.

Un giorno sarò capace di essere indifferente a ciò che fa male, oggi no, spero mai, in realtà.

Essere indifferenti a ciò che fa male vuol dire morire.

I nostri gatti a casa, la nostalgia, tre giorni lontano da loro e la voglia di coccolarli per salvarci, lo sguardo.

Vieni qui, vieni a salvarci.

Si possono salvare molte cose con un semplice sguardo.

Ancora non si è scoperta una cura per l'amore, meno male, neanche per la sua mancanza, in realtà.

Mio figlio potrà essere insufficiente, incapace, pieno di difetti, di paure, di ansie, ma mai privato dell'amore, lo prometto.

La vita è quella cosa che, nonostante ci riempia di privazioni, ci offre sempre una possibilità in più per amare.

Ognuno di noi può salvare almeno un milione, o più, di persone, e di vite deviate, tenendoci bassi, per non creare troppe aspettative.

Vieni qui, vieni a salvarci.

Uno dei gatti accoccolato sulle ginocchia, l'altro che sta arrivando, la pace ineguagliabile di una casa abitata da persone.

Chi ama una vita non conta quante zampe ha.

Vieni qui, vieni a salvarci.

E io vado, te lo garantisco, vieni anche tu con me?

E cerca di avere un po' di fede, va bene?

PIACERE: v. Miscela equilibrata di stabilità e inconcludenza: ci piace ciò che ci fa cadere, oppure ciò che ci fa rialzare, ma non ci piace ciò che non ha alcun effetto su di noi.

Tanta gente imbottigliata nel traffico e lui che passa pedalando con una gamba sola, quella che gli è rimasta.

Va in bicicletta con una gamba sola, e se la ride.

Mentre io me ne sto armato di supponenza nella mia macchina, l'aria condizionata, la musica, e armato di tristezza quando invece non mi manca nulla.

Che imbecille chi passa la vita a cercare difetti.

Fuori il freddo e lui in bicicletta, lo chiamerò Persona solo per dargli un nome.

Lì è proibito andare in bicicletta, ancora di più su una gamba sola, ma lui va, è proibito fermarsi.

Quando ho perso una gamba ho imparato a saltare, e se perdo anche quella che mi è rimasta giuro che imparo a volare.

Gli eroi sono persone uguali a tutte le altre, solo che hanno più paure, forse anche meno talento, ma molto più coraggio.

Persona sulla sua bicicletta, una pedalata dietro l'altra con una di intervallo, un giorno provo ad andare in bicicletta pedalando solo da un lato per vedere cosa vuol dire essere Persona.

Ci passa accanto, un sorriso malandrino, compassione, perfino, quanto bisogna essere grandi per provare compassione verso chi non ci capisce?

Passa davanti ad alcuni poliziotti e accenna un saluto, non riceve nemmeno una multa, anzi, gli ricambiano il saluto.

Ci sono persone che vengono riconosciute da tutti, e questo basta perché vengano perdonate, nessuno merita un castigo se ha sbagliato a causa di difetti umani, distrazioni, pulsioni, entusiasmi, parti mancanti, parole in più o in meno, nessuno merita un castigo se ha sbagliato a causa di difetti umani.

Il traffico è ancora caotico, io sono in ritardo, la vita va avanti come prima che quell'uomo con una gamba sola ci dimostrasse quanto è in gamba.

Eppure sono un'altra persona, anzi, Persona, come lui, semplicemente, un giorno darò lezioni di felicità, ma per il momento no.

Spiega perché.

Per il momento non mi renderebbe felice.

Ha senso, è ciò che senti.

Un giorno darò lezioni di felicità ma non ora che sono felice così.

E lo sei.

Sono in macchina ma vado verso il centro del tuo abbraccio, ti ringrazio per esserci, mi ringrazio per esserci.

Sono sempre più in ritardo, e felice, chiunque mi stia aspettando, io arriverò, anche su una gamba sola.

Rido da solo, ridi con me, amare vuol dire ridere da soli eppure sentirsi in compagnia.

La bicicletta in lontananza, altre persone lo guardano, le bocche aperte, l'incapacità di comprendere che spesso il disprezzo è una forma di invidia.

Il mio nei suoi confronti lo è, ma è anche una forma di ringraziamento.

Grazie, Persona.

Il traffico è tornato a scorrere e l'ho raggiunto di nuovo, vorrei suonargli, chiedergli di accostare, abbracciarlo, non smettiamo mai di tentare di realizzare quello che vorremmo, e allora ho tentato.

Mi abbraccia con tutte e due le braccia, in cima alla bicicletta, mantenendo un equilibrio impossibile, come la vita.

Grazie, Persona.

E lui mi ringrazia, prosegue, come se non fosse successo niente, ed è così, nonostante tutto.

Alla fine dei conti la vita è ciò che viviamo come se non fosse successo niente, nonostante sia tutto.

[una specie di storia per bambini]

In quella casa, al dodicesimo piano di un palazzo vicino al porto dove molte navi arrivavano e da cui molte altre partivano, abitavano due gatti: Betirica, il più vecchio, aveva il pelo rosso e morbido come la seta ed era vanitoso come nessun altro; Tinoni, il più giovane, sembrava una piccola tigre e aveva un grosso pancione che non passava inosservato.

Tutti i giorni, alla stessa ora, i proprietari, che i due gatti chiamavano affettuosamente «schiavi», riempivano di cibo delizioso le ciotole argentate. Ognuno di loro aveva la sua ed entrambi adoravano quel momento della giornata durante il quale, fianco a fianco, assaporavano beatamente il loro pasto.

Era un'allegria: in pochi minuti divoravano quello che c'era da divorare e si divertivano perfino a scambiarsi le ciotole. Ora uno mangiava il tonno, ora l'altro mangiava i gamberi. Erano, senz'ombra di dubbio, due gatti felici.

Un giorno, stranamente, Betirica si rifiutò di mangiare. I proprietari erano molto sorpresi. Cosa stava succedendo al loro gatto bello ed elegante?

Anche Tinoni, di fianco, osservava quello che stava succedendo. Guardava il suo amico e sembrava esortarlo a mangiare, ma Betirica non reagiva. Era una cosa davvero strana.

Preoccupati, i proprietari, nonché schiavi benevoli, decisero di portare Betirica in una clinica veterinaria. Là, una simpatica dottoressa fece alcuni esami e conversò a lungo con il gatto intristito che però, nonostante tutto, si dimostrò molto affabile e seducente. Era davvero una creatura meravigliosa.

Quando arrivarono i risultati degli esami la dottoressa (sempre sorridente) rivelò cosa stava accadendo:

– Cari signori...

Betirica, pensate un po' che cosa particolare, aveva un problema ai denti che gli impediva di masticare il cibo che tanto gli piaceva.

Il mistero era risolto. Adesso era il momento di prendersi cura di quei denti cattivi.

Qualche ora dopo, in seguito ad alcuni trattamenti, Betirica era come nuovo e pronto a ritornare nel suo regno. Stava letteralmente morendo di fame.

Quando aprirono la porta di casa si stupirono di quello che videro. Tinoni, che non aveva mai lasciato una briciola, non aveva neanche toccato il cibo. Che avesse anche lui problemi?

In pochi secondi si risolse anche questo mistero. Dopo essersi abbracciati come fossero persone, i due bellissimi felini si lanciarono di corsa verso la ciotola ancora piena di cibo di Tinoni e non persero tempo: condivisero quel banchetto con tutta la felicità del mondo. Alla fine la verità (chi l'avrebbe mai detto?) era che non potevano mangiare l'uno senza l'altro. O, volendo essere più precisi, non potevano vivere l'uno senza l'altro. E così, da quel momento, cominciarono a mangiare soltanto da una ciotola che entrambi, sempre felici, si divertivano a condividere.

Perfino i gatti sono persone, non trovate?

ABITAZIONE: s.f. Spazio che ha le dimensioni di ciò che senti; un senzatetto è solo una persona che non ama.

Dammi un abbraccio, cazzo.

Chiede lei con le parole che sente, al suo fianco un uomo in giacca e cravatta disapprova con un cenno della testa, una donna abbozza un sorriso paternalistico.

Il paternalismo è una cattiveria educata, una cattiveria ipocrita, e per questo è molto peggio della cattiveria in sé.

Dammi un abbraccio, cazzo.

Lui lo dà, la stringe con forza.

L'amore si esprime a parole, ed è giusto così, un giorno qualcuno dirà che per amare dobbiamo usare solo belle parole.

Ti amo, sei molto carino, cose così.

Sei il mio sole, vuoi sposarmi, eccetera.

Ma per amare dobbiamo usare soltanto l'amore, anche se usiamo parole come cazzo, vaffanculo, porca di quella puttana.

Non si ama con le parole, solo con l'amore.

Dammi un abbraccio, cazzo.

All'entrata dell'ospedale, forse lei è gravemente malata, forse ha solo un'influenza, chi lo sa, all'entrata dell'ospedale lei gli chiede un abbraccio, come se glielo ordinasse.

Può darsi che esista qualcosa di più bello della persona che amiamo che ci chiede un abbraccio come se ce lo ordinassc, ma io non la conosco.

Lui la guarda negli occhi, sorride, la stringe con forza tra le braccia, non una parola, il silenzio è osceno quando si ama così, vero?

Vediamo solo un uomo che ama una donna, una donna che ama un uomo, persone come tutte le altre, distinguere le persone sulla base delle parole che dicono è idiota, non credi?

Chi dice «cazzo» vale meno di chi dice una parola cara, che tristezza.

Siamo creature fatte di una sola lingua, ma di vari accenti.

L'accento peggiore è quello vuoto, un accento amaro, indigesto, rumoroso, l'accento di quelli che occupano lo spazio che non riescono a riempire in loro stessi con lo spazio che vorrebbero lasciare libero negli altri.

La chiamano invidia, e anche infelicità.

Vicino all'entrata dell'ospedale, questo uomo e questa donna abbracciati possono anche pronunciare le peggiori parole del mondo ma si amano come due poeti.

Dammi un

abbraccio, caz-

zo!

E potrebbero benissimo essere le due persone che più si amano al mondo.

Potrebbero, potrebbero, se non fosse che io ti amo come ti amo, e a maggior ragione adesso che hai appena finito la visita e sei uscito dall'ambulatorio fuori dal quale ti stavo aspettando, e va tutto bene.

Stai bene, cazzo.

Niente da segnalare, gli esami impeccabili, le radiografie impeccabili, te ne sei liberato.

Dammi un abbraccio, cazzo.

Ti sei liberato della bestia, dell'ombra, che bello!

Ca

zz

o.

[che cos'è importante?]

L'amore. Sentire. E agire in sua funzione.

L'amore è il valore più grande: quello che tutto regola. Se lo rispettiamo, tutto sarà rispettato. Se amo non ferisco. Se amo non sono disonesto. Se amo non vado contro valori etici o morali. Tutto ciò che faccio lo faccio per amore: ecco tutto.

L'amore guida tutti gli altri valori. Tutto nasce da lì: dall'amore. Capisci?

[come reagire a ciò che ferisce?]

Perdere e sbagliare fanno entrambi molto male. Ed esigono una risposta che non sempre riesco a dare nell'immediato. Ma il percorso si divide comunque in due parti:

1. Tento di non prendermi troppo sul serio; penso che si tratta solo di uno sbaglio, di una sconfitta, e che ho ancora tutta la vita davanti.

2. Cerco, il più possibile, di crearmi una via d'uscita, una soluzione, di oltrepassare i problemi che il mio sbaglio ha provocato.

Riassumendo: come prima cosa assimilare quello che è accaduto, ricevendo gli schiaffi che bisogna ricevere e le conseguenze che ne derivano; e, poi, dare una risposta a queste conseguenze: costruire di nuovo, se necessario.

La cosa fondamentale è sempre costruire. E per creare un impero spesso è necessario distruggere le rovine di un altro impero.

[quanto vale la creatività?]

Sono portato per la creatività: lo sono sempre stato. Se bisognava inventare qualcosa, io ero disponibile con tutto il mio entusiasmo. Rischiavo, osavo. A scuola ho imparato a pensare: penso che la grande lezione che dobbiamo portare con noi dal percorso scolastico sia questa: l'importanza di pensare.

Pensare è un esercizio straordinario. Tutti lo dovrebbero mettere in pratica.

[quando dobbiamo cambiare?]

Quando non siamo innamorati di ciò che facciamo dobbiamo cambiare. Questo è l'unico motivo per cambiare noi stessi in qualunque modo: non essere innamorati esige un cambiamento. Sempre.

[da dove viene e da dove non viene la vita?]

Da ogni persona che amo o ammiro traggo insegnamenti. Tutti i giorni. Sia negativi che positivi. Da ciò che vivo tento di estrarre quello che posso essere: quello che posso diventare. Senza pregiudizi.

Il pregiudizio è uno dei più grandi sovversivi del mondo, se non addirittura il più grande. Se qualcuno agisce e pensa senza conoscere bene le proprie ragioni e rifiutandosi effettivamente di conoscerle, è un disonesto. È pericoloso.

I miei punti di riferimento sono sempre le persone che pensano con la propria testa. Che continuano ad andare avanti nonostante spesso sia complicato, doloroso. Queste sono le persone che mi interessano. Sei anche tu una di loro?

Un bambino gioca con una patata.
È una nave spaziale, ha i superpoteri, tra poco si alza in volo e va alla ricerca del Pianeta dell'Amore.
E ci sono così tanti figli di puttana nel mondo.
Accanto a lui un nonno piange.
È così bello il mio nipotino, vero?, quando ero piccolo dentro di me volevo avere un bambino felice, e adesso ce l'ho.
E ci sono così tanti figli di puttana nel mondo.
Una coppia che si è innamorata ieri ama come se non ci fosse un domani.
Ti amo tanto.
Ti amo tanto.
Vuoi essere mia per sempre e anche oltre?
Lo voglio, spero che questo oltre duri molto, prometti?
Ti amo.
Sono io che ti amo.
No, sono io che ti amo.
Io ti amo.
Io.
Io.
Un abbraccio che non finisce, un abbraccio con tutto il corpo che si erge per vederlo passare, per sentirlo passare.
E ci sono così tanti figli di puttana nel mondo.
Hanno trovato la cura per tante malattie mortali, tranne che per l'odio, e per l'invidia, l'invidia è la parte ipocrita della cattiveria, una cattiveria falsa, e forse la più autentica di tutte le cattiverie.

Chi riesce ad amare è geniale, e chi riesce a essere amato da chi ama è un miracolato, e sono felice quando vedo persone così, come si può non esserlo?

Amo chi ama, come non amarlo?

Amo chi è amato da chi ama, come non amarlo?

Non amo soltanto chi non è capace di amare, chi invidia l'amore degli altri, invidio soltanto me stesso quando sono felice, e questo mi basta per farmi felice di nuovo.

Gli infelici sono persone cattive, per questo sono infelici, oppure sono cattivi, e per questo sono infelici.

L'infelicità è una forma di vittimizzazione, nonostante tutta l'infelicità che la vita porta, e ne porta tanta, la miserabile.

Ma esiste il bambino con la patata in mano.

È una nave spaziale, ha i superpoteri, tra poco si alza in volo e va alla ricerca del Pianeta dell'Amore.

E il nonno che piange.

È così bello il mio nipotino, quando ero piccolo dentro di me volevo avere un bambino felice, e adesso ce l'ho.

E la coppia che si è innamorata ieri.

Ti amo tanto.

Ti amo tanto.

Vuoi essere mia per sempre e anche oltre?

Lo voglio, e spero che questo oltre duri.

Ti amo.

Sono io che ti amo.

No, sono io che ti amo.

Io ti amo.

Io.

Io.

E ci sono così tanti figli di puttana nel mondo.

ABITO: s.m. Metodo infallibile per la misurazione di quello che senti: se una cosa è piccola non resiste alla routine. L'abito fa il monaco, ma ancor di più fa l'amore.

Prometto di amare.

La madre con il bimbo in braccio in mezzo al salotto incasinato.

L'amore incasina, ma mette anche ogni cosa al suo posto, solo lui è in grado di farlo, in verità.

Una casa sempre ordinata è una casa morta, la vita incasina, la madre promette, e mantiene.

Prometto di amare.

Il bimbo sorride per primo, quante vite vale il sorriso di una vita che sta iniziando?

La morte è dolorosa perché, prima di qualsiasi altra cosa, uccide il nostro sorriso.

All'improvviso arriva la fame e il bimbo piange, la fame fa piangere, la mancanza fa piangere, ma l'amore incoraggia, l'amore sostiene, se c'è qualcosa che l'amore è capace di fare è incoraggiare, sostenere, e non costa niente, quando si ama, ciò che si sostiene è anche ciò che si ama, ciò che si incoraggia è anche ciò che si ama. Si ama perché la vita continui.

Prometto di amare.

La madre all'orecchio del bimbo, sa che lui ha fame e sa come risolvere la questione, le madri sanno quasi sempre come addolcire il dolore di un figlio, e quando non lo sanno si inventano qualcosa e così alla fine sanno come fare.

Ha già liberato un seno e inizia a placare la fame del bimbo con tutto l'occorrente che serve a placarla, ci sono momenti nella vita nei quali l'unica cosa che placa la nostra fame è qualcuno che abbia il coraggio di avvicinarsi a noi con la pelle e con l'anima.

Prometto di amare.

La madre continua, il bimbo non piange più, la fame scompare mentre la sua bocca cerca la pelle della madre che gli dà da mangiare.

Non possiamo fare a meno della pelle di chi amiamo, a volte ci basta solo vederla, non possiamo fare a meno della pelle di chi amiamo, esiste forse un vizio più sano di questo?

Prometto di amare.

Anche se fa male, e a volte fa molto male, anche se costa, e a volte costa molto, anche se amare ci fa perdere la pazienza, ma che sia così, per favore, quanto può essere interessante qualcosa che non ci fa perdere una parte di noi per avvicinarci alla nostra essenza?

Ma la cosa più dolorosa è non amare, finire vuol dire smettere di amare, solo questo, mai nessuno soffre per amore, solo a causa della sua mancanza.

La madre promette di amare, e ama.

Il bimbo quasi soddisfatto al suo petto.

Ci sia sempre un grembo che ci salvi e non avremo mai più bisogno di altre forme di salvezza.

Dal nulla si sente un rumore inspiegabile, un'esplosione inspiegabile, un fulmine cade su quella casa su cui l'amore era sceso per sempre, un fulmine che colpisce la donna, la madre.

Il figlio continua a placare la fame, senza sapere che qualcosa gli ha appena ucciso la madre, e le ore passano, un bimbo aggrappato al petto della madre morta.

Prometto di amare.

E di salvare, un bimbo vivo grazie alla protezione della madre.

Ore dopo la polizia, la fine di tutto, il bimbo piange perché non ha più la mamma, perché il seno della madre è morto, la madre intera è morta.

Ma il figlio vive, continuerà a vivere, perché la madre lo ha salvato, tutte le madri salvano i loro figli, tutti gli amori salvano le persone.

Un giorno un figlio scriverà alla madre: grazie, mamma.

Un giorno un figlio vorrà dire al mondo che è stato salvato da sua madre, che nemmeno un fulmine è riuscito a spezzare l'amore di una madre, a cosa diavolo serve l'amore se non a salvarci da tutti i fulmini che vogliono colpirci?

Prometto di amare, disse la madre prima di morire con il figlio al petto, prima di salvare con il suo petto la vita del figlio.

Prometto di amare, dirà un giorno il figlio. E quel giorno è oggi, madre mia.

Prometto di amare, perché non si soffre mai per amore ma solo a causa della sua mancanza, e io sento la tua mancanza, madre.

Prometto di amare.

ABITO: s.m. Ciò che sei: siamo tutti l'abito di qualcun altro – ma non vuol dire che dobbiamo essere tutti l'abitudine di qualcun altro. Pensaci.

Ci si rende conto di cosa è o non è amore solo nell'istante in cui accade qualcosa che può separare.

Se quello che può separare effettivamente separa, allora è tutto tranne che amore. Se quello che può separare unisce ancora di più, allora è amore.

E ciò che ci unisce è amore, madre. Come se io e te non lo sapessimo. Tu di più, chiaro, visto che io non sapevo ancora chi tu fossi e già ti facevo subire molte cose che avrebbero potuto separarti da me. Una madre resiste a tutto tranne che a suo figlio. Meglio ancora: una madre resiste a tutto per suo figlio.

Ci si rende conto di cosa è o non è amore solo nell'istante in cui bisogna resistere a tutto per ciò che potrebbe essere amore.

E noi resistiamo. Tu di più, lo ripeto, che mi hai visto compiere migliaia di scemenze, dire migliaia di scemenze, tentare migliaia di scemenze, farmi male (e farti male) con migliaia di scemenze. E il dolore, il dolore bastardo. La perdita. Il nonno con quella malattia maledetta, la nonna piena della nostalgia più terribile e più bella che qualcuno abbia mai provato, lo stupido incidente dello zio (da quel giorno, come ti avevo promesso, non ho mai più toccato una goccia di alcol). Come fa male la vita quando scorre. Ma la vita deve scorrere e noi con lei. Le persone che amiamo ci tengono aggrappati alla vita: attraverso di loro la vita si aggrappa a noi. L'amore esiste per fare in modo che la vita si aggrappi a noi, poco altro. Perché in verità la vita ha poco altro da offrirci. E tu. Tu che sei ancora qui, anche adesso, e non immagini che sto scrivendo queste parole proprio per te, per questo sorriso solo tuo (sei così bella, lo sai), mentre mi guardi come se tutto quello che hai provato per me fosse un orgoglio senza fine, un sorriso che non tramonta. Sono troppo piccolo per il tuo amore, madre.

Ci si rende conto di cosa è o non è amore solo nell'istante in cui bisogna definire la dimensione di ciò che si prova.

Se hai bisogno di molte parole per definire ciò che provi, allora non è amore. Se non hai bisogno di parole, allora è amore. Noi ci parliamo guardandoci. A volte, per caso, escono parole. Ma solo perché ne abbiamo bisogno per altre cose, ad esempio per comunicare tutto ciò che non è amore. Oppure per scrivere una lettera come questa che ti sto scrivendo. Lo so che non era necessario che la scrivessi ma, che diavolo, devo pur restituirti qualcosa nella vita, no?

Ci si rende conto di cosa è o non è amore solo nell'istante in cui pensiamo veramente a quello che abbiamo dato e a quello che abbiamo ricevuto da qualcuno.

È amore solo quando abbiamo dato esattamente tanto quanto abbiamo ricevuto (perché, per fortuna – o, meglio, per amore – dare qualcosa a chi amiamo è un modo per dare qualcosa a noi stessi). Ed è per questo che quando molti anni fa mi domandavano cosa avrei voluto essere da grande io rispondevo, con tutta la semplicità di un ragazzino: «Il figlio di mia madre». E non mi ero sbagliato, madre, vero?

«Faccio ecologia di persone»,

diceva lui, per niente preoccupato, come se stesse pronunciando la frase più banale del mondo. «Le separo con attenzione, seleziono chi può continuare ad andare e dove, e chi semplicemente merita la pattumiera», proseguiva, tutta la platea lo ascoltava parlare, alcuni colpi di tosse (l'essere umano ha la capacità di tossire per coprire il silenzio: i silenzi che feriscono o che danno fastidio), verso il fondo qualcuno avrebbe voluto contrariarlo ma senza avere argomentazioni valide. Tanto valeva restare in silenzio. E così fu.

«Solo chi merita di essere riciclato merita il mio tempo, nessun pianeta ha bisogno di persone tossiche», forse gli era appena scappato un sorriso, forse no, forse si trattava solo di una leggera smorfia, l'unica cosa certa è che lui continuava a parlare e la platea continuava ad ascoltarlo, nonostante dicesse cose sorprendenti – o forse proprio perché diceva cose sorprendenti, si sente una grande mancanza di cose e di parole sorprendenti a questo mondo, vero?

«A volte mi sbaglio, capisco di aver buttato via una persona che avrei dovuto conservare, e allora mi do da fare come un pazzo per cercare di recuperarla, percorro tutti i luoghi dove potrebbe trovarsi, se necessario mi sporco, se necessario mi metto a strisciare, imploro, mi inginocchio, sono pronto a tutto per poterla ritrovare. Chiaramente ci sono state volte in cui non ce l'ho fatta, ma fa parte del mondo anche ciò che si è perso e non si può recuperare, dobbiamo accettarlo anche se è dura, e lo è, oh se è dura.»

Una donna in mezzo alla platea si alza, solleva un dito, lui la guarda, le vene del collo pulsano con forza, accende una sigaretta con le mani tremanti, non dice nulla, la guarda e aspetta (la vita spesso è guardare e aspettare, guardare e aspettare, guardare e aspettare). «Le è mai capitato di risparmiarsi? Oppure quando sa che le energie che dovrà spendere saranno ben spese si dedica completamente alle persone?» la domanda è diretta, le parole secche, lo sguardo impenetrabile. Lui esita, guarda la donna, poi guarda il pavimento e di nuovo verso il pubblico, finché una parola esce dalla sua bocca, solo una (la vita ci mette di fronte a momenti in cui una parola è più che sufficiente, altri in cui le parole non bastano, in cui tutto ciò che è importante non si può tradurre con un alfabeto, chi ha inventato l'alfabeto lo sapeva, lo sapeva senz'altro, che l'alfabeto è insufficiente per esprimere pienamente molte cose che la vita ci fa vivere, e non c'è niente di male, è a questo che servono i gesti, gli abbracci: è a questo che servono le persone): «Figlia».

La donna si sedette, si asciugò una lacrima; lui proseguì con la sua teoria sulla necessità di salvare il pianeta dalle persone cattive, e la vita continuò, la vita continuò, e la più grande ingiustizia della vita è continuare anche quando un padre e una figlia non si parlano, o quando un marito e una moglie non si parlano, o quando chiunque si desideri e si piaccia non si parla. La vita, in questi momenti, dovrebbe fermarsi, fermarsi immediatamente, *timeout*, chiamare i due contendenti in un angolo, dire loro che si stanno comportando da cretini, stupidi, idioti, dire loro che devono parlare, devono comprendersi, devono volersi bene con le parole e con i gesti, e solo successivamente riprendere a continuare.

Ma no, non funziona così, la vita, questa stronza, continua anche quando ci basterebbe così poco perché la vita continuasse realmente.

HAMARE: v. Modo corretto di «amare»; qualsiasi idiota può scriverlo correttamente, ma sono pochi i geni che riescono ad amare correttamente.

(il diario di un umano)

Lunedì.

La vita esige che ci siano corde tirate e corde da tirare. Questo e nient'altro distingue gli umani: la facoltà di scegliere quali corde tirare o no. Oggi ho voglia di lasciar scegliere alla vita. Passare il tempo a guardare cosa non accade. È in questi momenti che la tua immagine, nitida, appare per riequilibrare l'esistenza. Sei la certezza. L'unica certezza che ho. E nessun dubbio mi ferisce quando lo affronto insieme a te.

Mercoledì.

Quando mi distendo le persone sono diverse, l'odio scompare, il mondo è più giusto. Forse è questo il significato del sonno, nonostante gli specialisti non siano d'accordo. Si dorme per sopportare il mondo. Perfino le guerre, quasi sempre, si placano per alcune ore. Un *timeout* che solo gli umani riescono a capire. Si vive sempre finché non si muore, ma con un po' di sonno nel mezzo. Durante il sonno accede qualcosa di superiore, il dolore si riequilibra, una specie di mondo dei vivi messo a maggese. Perfino un assassino dorme come un bimbo. Siamo tutti uguali fino a quando non ci svegliamo.

Giovedì.

Mi piace passare le dita lungo la ferita, lievemente, sprecare i gesti. Nessuno si cura da solo, a maggior ragione se non abbiamo nessuno al nostro fianco. È la speranza che appare silenziosa per salvarci dal dolore. Nessuna persona è priva di amore: ecco cos'è che ancora sostiene il mondo. Dappertutto ci sono persone ferite e dappertutto ci sono persone felici. Le circostanze sono interiori, semplici angolazioni, prospettive infantili, enormemente sopravvalutate dalla necessità di fornire spiegazioni a una insufficienza momentanea. Non esistono momenti infelici; esistono, al limite, persone che in alcuni momenti sperimentano l'infelicità. Siamo cavie per un esperimento che non è ancora stato fatto. Devo confessare che questa possibilità non mi crea alcun problema.

Sabato.

Di ciò che non abbiamo mai amato rimane poco. Al massimo la sensazione di un tentativo sconnesso, un ricordo vano. Le persone sono fatte di ciò che amano, soltanto questo.

Domenica.

L'allegria passa, che fregatura. I giorni di sole sono inganni, semplici illusioni. All'improvviso le persone si lasciano trasportare verso la luce e credono di riuscire a cambiare il mondo. Alcune di loro, senza sapere che è già scesa la notte, lo cambiano davvero.

(si ama prima di crescere, nient'altro)

Essere innamorati è da ragazzini. Amare è da uomini.

Chiunque riesce a innamorarsi. È facile, è economico, ci si sente milionari.

Amare è un'altra cosa. Esige lavoro, dedizione: una certa competenza, possiamo dire.

La passione va e viene; l'amore va e viene, ma rimane sempre. Ti riequilibra nonostante rompa il tuo equilibrio. Ti porta alla perdizione nonostante, senza di lui, tu sia perduto.

Qualsiasi asino si innamora ma solo i geni amano. Amare, al di là di essere emozione al cento per cento, è un processo razionale: una specie di ragione con sogno incluso. Come se il sogno fosse parte integrante di ciò a cui non hai accesso.

Gli innamorati sognano e quando smettono di sognare precipitano nella realtà: gli amorati – chiamiamoli così, in mancanza di una denominazione migliore (gli umani sono così idioti che inventano nomi per il tragico e non per il magico) – sognano e quando smettono di sognare comprendono che in realtà non stavano sognando affatto (o, meglio ancora, comprendono di non aver mai smesso di sognare).

Amare è un lavoro a tempo pieno. Un impegno senza eguali: bisogna comprendere, bisogna assimilare, bisogna abbracciare, bisogna baciare, bisogna cercare ciò che spesso non si trova, bisogna trovare ciò che spesso non si vorrebbe trovare e che perciò non si è mai cercato, a volte bisogna ridere, a volte bisogna piangere, a volte fuggire, a volte difendere, a volte attaccare, a volte ingelosire, a volte essere gelosi, a volte tentare, a volte riuscire. Uffa. Amare è costituito dal novantanove per cento di lavoro e dall'un per cento di piacere – e alla fine dei conti, quando si ama, si comprende che anche questo novantanove per cento di lavoro è un piacere, che meraviglia.

L'amore esige maturità – e, di conseguenza, può essere vissuto soltanto dai bambini. Un adulto, con la sua infantilità permanente, tende a rovinare la sua capacità di amare. Finisce con il fare quasi sempre miscugli velenosi, tossici. Ci mette la paura, ci aggiunge il pregiudizio, un pizzico di passato, e quando arriva il momento un profondo burrone separa ormai l'amore e ciò che lui – l'adulto disgraziato – è capace di amare.

Si ama prima di crescere, nient'altro. Si ama quando si cresce dalla parte giusta.

La tentazione più grande è quella della caduta: è facile lasciar cadere, cedere, credere che non sia possibile. È in quei momenti che arriva il lavoro, quella capacità di lavorare più unica che rara dei bambini: quante volte si è visto un bambino che cercava di toccare il cielo? Lui crede di poterlo toccare – e se non c'è un adulto nelle vicinanze lo tocca davvero, ne sono certo – perché il cielo è lì, può essere solo lì e il bambino deve raggiungerlo. Tutti i bambini rinunciano solo dopo aver raggiunto quello a cui hanno rinunciato. Lo stesso succede con gli innamorati. Ma senza la parte della rinuncia.

Riformulo: amare è da ragazzini. Ma solo un vero uomo riesce ad amare.

GABBIA: s.f. Spazio riservato ai senza amore; solo chi non ha mai amato può credere che l'amore serva a catturare, un amore che cattura non è amore, ma nemmeno un amore che lascia andare lo è.

Le donne sono creature che insegnano a volare.

Niente di ciò che ci fa prendere il volo sfugge a una donna. Quando la cerco è in me che la trovo, più in là. In lei ci sono le vacanze della mia infanzia, la sciocchezza necessaria delle notti passate a non dormire, la tavola imbandita e la disperazione dell'abisso.

In tutte le donne ci sono luce e ombra, ed entrambe svelano i miei fantasmi.

Chi ama una donna sa che non sarà mai lo stesso, e meno male. Non esiste, in nessuna donna, qualcosa che assomigli a un'altra – sarà questa, l'assenza di somiglianza, l'unico tratto comune a tutte le donne. Vivere per una donna è la migliore forma di vita, direi che è l'unica, e lo dico davvero.

Siamo affascinati da un enigma che ci appassiona, ecco un'altra definizione per una donna.

C'è qualcosa di insormontabile in ciò che troviamo in una donna, come se fosse immune alla profondità, come se non potesse fare a meno della complessità. Sono troppo semplice per conoscere appieno la donna che amo, ed è anche per questo che la amo.

Il segreto delle donne è mettere paura, e amo tanto ciò di cui ho così paura.

Ho paura del modo con cui si servono dei gesti, esiste forse un momento in cui una donna si può spiegare? Spero proprio di no. Perché si nasce donna ma allo stesso tempo non si smette mai di diventarlo. Come un genio nasce genio ma poi lo diventa effettivamente con il tempo, che follia esplosiva.

Scrivo soprattutto per rendere eterna la donna, per amarla meglio.

La poesia esiste perché prima è esistita la donna, mi sembra ovvio. La coscienza nasce dall'impatto tra la decenza e il dolore, ed è lei, la donna, che si trova su entrambi i fronti.

L'amore per la mia donna è una forma di grazia, e io sono il suo re.

L'amore resiste a tutto tranne che all'assenza di umiltà, al conflitto senza sostanza. Il pericolo è la natura, poco altro, la tentazione della comprensione: voglio capire da dove viene ciò che mi rende felice, voglio capire come fare a non perderlo.

La donna è la farfalla degli uomini, la parte più bella della fragilità.

Senza di lei il mondo esiste ma senza profondità, la realtà è stretta, sotterranea, privata di chi fa da intermediario tra l'intangibile e il crudele. Non si ama in nessun caso con giudizio, ecco l'affermazione più giudiziosa che avrei mai potuto fare.

La donna che amo mi insegna a sentire e, ironicamente, a pensare.

Sono un debole, incapace di sfuggire alla tentazione diabolica, al sacrificio invincibile del piacere, perfino alla tranquilla onestà del suo riposarsi in me.

Non esiste intelligenza senza amore né senza una donna, scusatemi se mi ripeto.

1.

– Non possiamo fare a meno dell'incomprensibile, comprendi?

Mio padre dice cose del genere, che sembrano uscite direttamente dal luogo in cui nascono i saggi, da un posto sconosciuto, da una regione misteriosa, nella quale abitano solo i padri modello. Nessuno mi può togliere dalla testa che esiste l'Isola dei Papà, dove vivono i migliori papà del mondo, e dove il mio è il grande re, ovvio. Ed è realmente così, mio padre: non possiamo fare a meno di ciò che non ha spiegazione, di ciò che ci obbliga a credere all'esistenza della magia, e cosa ci facciamo noi qui se non c'è magia o, peggio ancora, se non ci sono padri che ci insegnano cos'è la magia?

2.

– Quando crescerai impara a essere il miglior bambino che riuscirai a essere.

Così fu, così è. Passo il tempo cercando di giocare, nient'altro. Nel mentre pago le bollette, ho un lavoro, rispetto i miei simili e anche quelli che sembrano avere poco in comune con me. Siamo ciò che ci separa, molto più di ciò che ci unisce, questo lo so. Chiunque ama ciò che gli assomiglia, ciò che è comodo, prevedibile. Amare è qualcosa che ti sfugge dalle mani, e che ci tiene ancorati alla Terra.

3.

– Quando morirò fai in modo che possa continuare a esistere, va bene?

Nessun padre amato finisce. Un padre è la continuazione di suo figlio, più del contrario. Io sono qui, anziano, e ti porto con me allo stadio (lottiamo ancora per il titolo ma gli arbitri sono gli stessi ladri di sempre), rido per cose che farebbero ridere anche te (ieri ho visto il video di un cane che fa finta di essere morto solo per attirare l'attenzione del padrone, vedi un po' tu...), critico le stesse cose che criticheresti tu (il salario minimo è ancora ridicolo, negli Stati Uniti è stato eletto un uomo che non ha niente di umano). Forse questo mio comportamento non è particolarmente sano, però mi fa sentire bene.

4.

– Non confonderti mai: la vita non è quello che ti succede.

Me l'hai detto quando ho preso la mia prima insufficienza, le lacrime di vergogna, il tuo sguardo infelice ma innamorato (si ama solo quando si continua a essere innamorati nonostante tutta l'infelicità del mondo), e io me lo sono ricordato anche oggi quando poco fa il campanello ha suonato, sono andato ad aprire e c'eri tu e ti ho abbracciato (da quanto tempo non ci vedevamo? Tre anni? Che sia maledetta la necessità di emigrare! Che senso ha perdere la vita per doversi guadagnare la vita?). Perdonami ma quando ti ho visto ho proprio confuso la vita con quello che mi stava succedendo, perché se la vita non è esattamente il momento in cui il padre che non vediamo da tre anni bussa alla nostra porta e lo abbracciamo, allora che la vita vada a farsi fottere, non te la prendere, eh?

5.

– Nella vita ci sono tre cose essenziali: amare, essere amati e un'altra cosa che mi sono dimenticato.

Non lo dimenticherò mai, te lo prometto.

GABBIA: s.f. Monumento alla stupidità; se nessun animale, nemmeno uno, è felice quando viene ingabbiato, come può esserlo un amore?

«Sono la persona più felice del mondo perché penso con la mia testa.»

Tra i suoi amici era conosciuto come «il matto».

– Porca miseria se sei matto!

– Grazie.

Ringraziava sempre per qualsiasi parola, buona o cattiva. Quando riceveva l'attenzione degli altri, anche se solo per pochi secondi, si sentiva un privilegiato.

«Siamo ossessionati dalle disimportanze: merdate che non suscitano alcun tipo di interesse.»

Inventava parole come inventava motivi per ridere, e per far ridere. Si considerava il raccontatore di barzellette più brillante del mondo, il *solleticatore* (un'altra parola inventata da lui, che indica qualcuno che fa il solletico agli altri) più efficace del mondo, il *caditore* (qualcuno che cade, ovviamente) più esilarante di tutto il pianeta.

«Il grande significato della vita è ridere, e amare, sebbene amare non sia altro che un sorriso che non passa, vero?»

Il suo non passava, non passava mai; era innamorato di tutto, era sempre animato dalla fame di scoprire e di essere scoperto, di entusiasmare e di essere entusiasmato, di coinvolgere e di essere coinvolto, di creare e di essere creato.

«Un *malcreato* è chi non crea niente, giusto?»

Probabile, probabile. Com'è probabile che oggi sia solo un altro giorno della sua vita nonostante sia un giorno speciale, è così difficile da capire? Oggi ha già fatto ridere il suo miglior amico trentasette volte, e sono solo le nove e cinquantasette del mattino. Oltre a questo, ha già pensato ad altre tre storielle per far ridere tutta la compagnia durante la serata, di quelle che parlano di calcio e di ragazze, che funzionano sempre. Ma la cosa più importante è quello che accadrà alle dieci, tra tre minuti il mondo cambierà, aspetta questo momento da una settimana, ha pensato a ogni parola, a ogni movimento, niente andrà storto, e se qualcosa dovesse andare storto non sarà un problema, sarà solo una delle possibilità di cui si serve il caso per rendere alcuni momenti più significativi.

«Vogliamo avere tutto sotto controllo mentre, se ci pensiamo bene, i momenti più indimenticabili sono quelli che, per qualche motivo, non sono andati come ci aspettavamo e ci hanno fatto scoprire una nuova visione del mondo, una visione più profonda, non è così?»

Ed eccolo qui il matto, gli altri lo guardano con un misto di ammirazione e invidia (*invidiazione*, come direbbe lui se avesse la possibilità di scrivere questo testo) mentre si dirige verso un istante di felicità.

«La felicità è sempre imprevedibile ma non saremo mai in grado di incontrarla, lo garantisco, se non ci apriamo a lei.»

Gli ostacoli che lo separano dalla felicità sono, in questo caso, grigi, cupi, ma una luce strana si sprigiona quando riesce a oltrepassarli. Molte volte ha sbagliato, molte volte si è fatto male, molte volte ha ferito, e nonostante tutto molte volte ha corretto, molte volte ha guarito, molte volte ha raddrizzato. È lontano chilometri dall'essere l'uomo più perfetto del mondo, anni luce dall'essere l'uomo più fortunato del pianeta. La vita spesso gli ha sputato in faccia, gli ha lanciato manciate di sabbia negli occhi con regolarità. Ma niente di tutto ciò traspare dal suo sguardo in questo momento.

«Prima di tutto si ama con gli occhi.»

Ed è proprio con gli occhi che adesso percorre la sua donna, lacrima dopo lacrima («chi non piange non ama, è così che il proverbio ha senso, non come viene detto di solito»). Non ha bisogno di dire molto, solo un timido «grazie» e un «ti amo» che in pochi secondi lo ringiovaniscono di tre o quattro anni. Quei tre o quattro anni che, se continuerà a comportarsi in maniera esemplare come ha fatto fino a ora, gli restano ancora da vivere.

(il diario di un lusso: la vita)

|venerdì|

La felicità è avere tutto. Il lusso è avere tutto e anche qualcos'altro.

I grandi uomini sono quelli che superano due situazioni ugualmente traumatiche: avere poche cose e averne troppe. Se da un lato andare alla ricerca di quello che ci manca è un atto eroico, dall'altro non è meno eroico liberarci di quello che ci avanza. Chi scala una montagna per ottenere ciò che vuole è coraggioso tanto quanto chi scala una montagna per liberarsi di ciò che non desidera più.

Tutti vogliamo quello di cui abbiamo bisogno; ma non tutti abbiamo bisogno di quello che vogliamo. Non è più felice chi possiede più di quello che vuole ma colui a cui manca di meno ciò di cui ha bisogno.

Ora tocca a te: fatti i tuoi conti.

|sabato|

La meta finale di qualsiasi viaggio è essere in cammino verso qualcosa. O sei in cammino o sei morto.

|domenica|

È bello sentire, nel profondo dell'inquietudine, che il mondo continua comunque a esistere, intoccabile. Lo scopo dell'arte è interrompere la realtà e anche, ovviamente, darle senso. La felicità è cento per cento di arte + cento per cento di amore, una somma che incredibilmente è uguale a tutto. Grazie.

|lunedì|

Ho paura di sentire. Tutti hanno paura di sentire. Come se sentire facesse male. Il dolore è la certezza di quello che sono, di quello che inevitabilmente sono. Il vento batte alla finestra, senza pensare. Anche la vita, a volte, è un battere alla finestra senza pensare. In tanti criticano il vento ma solo pochi sono capaci di esserlo.

Quello che è già stato mi fa male.

L'età avanza senza avvisare, e arriva attraverso il corpo, chiaro, arriva sempre attraverso il corpo.

Sono una ex donna, è così che mi sento.

I giorni hanno attraversato la pelle, hanno attraversato me.

C'è una lacrima che non smette di scendermi in mezzo al petto.

Soffro per ciò che il corpo non mi lascia essere: a partire da quale momento smettiamo di essere vita e cominciamo a essere fine? Come si sopporta la sensazione di essere rimasta indietro?

Mi devo adattare all'insopportabile.

Devo ridefinire quello che mi definisce. Ci hanno insegnato a vedere la donna come colei che sopporta tutto, che sostiene tutto. I figli, il lavoro, la carriera, la casa. E adesso ho solo voglia di cadere. Chi non tenta rinuncia più facilmente.

Sono, ora più che mai, tutto quello che non sono mai stata.

Non mi sono mai sentita così, anche se non so nemmeno io come mi sento. Sono l'opposto di me, una antime. Essere donna vuol dire sapere come andare avanti: preferire andare avanti.

Sono quello che posso essere.

Siamo sempre quello che possiamo essere.

Sopravvivere vuol dire dare valore a quello che possiamo ancora essere. E c'è tanto da perdere quando guardiamo solo a quello che abbiamo perso.

Mi sveglio stanca, ma viva. Sempre viva. Sempre in cammino. Il segreto della vita è essere sempre in cammino verso qualcosa.

Non perde mai solo chi, dopo aver perso (ma anche dopo aver vinto), continua ad avere voglia di vincere ancora.

Per quanto poco ambizioso sia, mi basta il necessario per essere sufficiente, a condizione di viverlo in maniera straordinaria. Incredibile, non è vero?

DIGIUNO: s.m. Mancanza della cosa più importante che abbiamo nella vita. La privazione di ciò che ci permette di sopravvivere si chiama fame, la privazione di ciò che ci permette di vivere si chiama solitudine.

(un silenzio da ascoltare)

1.

Nella migliore delle ipotesi sono un assurdo coerente – e anche la vita, poverina, lo è nei suoi giorni migliori.

Il pensiero serve a fare ordine e a fare disordine, dipende da cosa gli mostriamo.

Siamo osservatori parziali non perché vediamo in modo tendenzioso, ma solo perché vediamo in parte, ed è in parte per questo che riusciamo a sopravvivere.

2.

La luce illumina solo se è tenue; la luce intensa, si sa, acceca. Cercare la pienezza vuol dire scegliere, tra le prospettive che abbiamo a disposizione, di vedere tutto da quella da cui ci è possibile sentire. I sensi, ironicamente, intralciano quello che sentiamo, ci fanno dimenticare quello che non ha senso.

Nel momento dell'orgasmo siamo tutti ottimisti.

3.

C'è chi sogna quello che può vivere, c'è chi sogna quello che non può vivere, e c'è anche, ovviamente, chi sogna per vivere. Un giorno ci fu un uomo che, narra la leggenda, realizzò tutti i suoi giorni.

Fu una pena svegliarsi poco dopo.

4.

Siamo soprattutto quello che creiamo. L'uomo non ha creato il cielo ma ha creato i muri, capisci dove voglio arrivare?

Ma, più ancora di quello che creiamo, siamo quello che facciamo con le nostre creazioni. L'uomo ha creato i muri, è vero – ma c'è chi si nasconde dietro di loro e chi li scala fino alla cima per vedere più lontano, capisci dove voglio arrivare?

La colpa non è mai di chi crea ma di chi usa le creazioni. Usa questo consiglio come meglio credi.

«Si mente per combattere l'indifferenza, per fare in modo che una specie di eco di noi stessi riesca ad arrivare agli altri. Si mente per una forma di disperazione, ma tutto ciò che desideriamo disperatamente non merita di essere sprecato più di una volta», disse lui, la voce spezzata per la paura di ciò che stava per succedere.

Tutte le voci sono quello che non riescono a dire: in tutte le voci ci sono le cose che non hai avuto il coraggio di dire, non quelle che dici realmente. Nella voce rimane solo quello che avanza dal confronto tra il coraggio e la paura, tra ciò che non può essere e ciò che deve essere. L'amore è anche questo: ciò che avanza dallo scontro, spesso violento, tra ciò che non può essere e ciò che deve essere.

«Nella menzogna c'è un lato umanitario, una specie di pietà codarda», aggiunse lei, le braccia attorno al collo di lui, la testa appoggiata al centro del petto, in attesa di un conforto temporaneo – perché ogni conforto è temporaneo, e meno male.

Il conforto è la tentazione pigra, la tentazione pericolosa: dovremmo avere paura solo di ciò che ci fa fermare, non di ciò che ci fa muovere.

«L'infelicità è guardare quello che non abbiamo, solo questo», fu quello che gli venne voglia di dire, lo sentì perché lui lo disse veramente, rimasero fermi uno dentro l'altro, fare l'amore è questo, il resto è piacere.

«L'infelice è quella creatura che guarda solo a quello che non ha; e può avere tanto, può avere tutto, ma se guarda sempre a ciò che inevitabilmente non ha, non potrà mai saziare i suoi desideri. Chi è felice guarda soprattutto a ciò che ha, anche se non smette mai di desiderare qualcosa in più. Tra chi è felice e chi è infelice c'è una differenza fondamentale: la capacità di mentire con qualità a sé stesso. Senza una menzogna di qualità non esiste felicità di qualità, questa è una grande verità. Abbiamo bisogno di menzogne che ci sostengano, che ci sorreggano, solo così possiamo creare giorno dopo giorno, con fatica e determinazione, la nostra verità. Ci sono menzogne che non sono peccato, solo amore.»

La risposta di lei lasciò uno strano silenzio nell'aria, un silenzio che sarebbe doloroso se fossimo di fronte a due persone che guardano a ciò che non hanno; per fortuna non è il nostro caso e questo silenzio servì solamente a loro per amarsi meglio – e ironicamente in un modo più rumoroso. Molto più rumoroso, a dire il vero. Mentiremmo se non dicessimo che proviamo un pizzico – un pizzico bello grande, in realtà – d'invidia.

Lasciamoli in pace.

(futuri)

Cosa ne sarà di me?

La donna è seduta vicino all'entrata del posto dove lavora dalle nove alle cinque, le persone passano e la ignorano.

C'è tanta gente che passa vicino al dolore e lo ignora, che razza di persone sono?

C'è tutto un futuro davanti ma non mi ci ritrovo.

Il futuro esiste, esiste sempre, un giorno, poi un altro, una certezza, poi un'altra, un dubbio, un'ansia, un'angustia, una passione, un amore, è sempre l'amore che ci muove, e che ci pietrifica.

La donna è seduta di fronte al posto dove lavora dalle nove alle cinque, probabilmente c'è una lacrima che non si vede ma che sta là, probabilmente si sente impotente.

Ciò che ci causa più dolore è quasi sempre ciò che non riusciamo a fare, e che non riusciamo nemmeno a dimenticare.

Cosa ne sarà di me?

Non risponde, nessuno, nemmeno lei, è in grado di dare una risposta sul suo futuro, sul nostro futuro.

Signorina, ha bisogno di qualcosa?

Un uomo anziano, molte rughe, tante storie come questa, anche a lui sarà capitato di non sapere cosa gli avrebbe riservato il futuro, a lui e ai suoi, avrà sicuramente dei figli, dei nipoti, chi lo sa?

No, grazie, grazie.

Mentiamo per proteggerci ed è la menzogna che ci uccide sempre di più.

La donna mente, vuole soffrire da sola, pensare da sola.

La pioggia cade più forte, la pioggia lava più a fondo.
La donna la guarda cadere, la sente cadere, le persone camminano, il signore anziano se n'è andato, ha scosso la testa e se n'è andato.
Poverina, sente troppo.
La donna è in mezzo alla pioggia, in mezzo a sé stessa, cos'è che ferisce di più dello stare in mezzo a sé stessi?
Mamma, che cos'hai?
Una bambina, un'adolescente, zaino in spalla, tutta la vita sulle spalle, gli occhi con il futuro dentro.
Cosa ne sarà di me? si domanda la donna.
Ho tutto, si risponde la madre, un abbraccio, un bacio, il futuro non sarà nient'altro che questo, un abbraccio, un bacio. Ho tutto.
E lo ha davvero, sì, lo ha davvero.

DIGIUNO: s.m. Privazione di ciò che è fondamentale. La carenza volontaria o involontaria di cibo si chiama fame, la carenza volontaria o involontaria di amore si chiama stupidità.

Quando mi sveglio vado a giocare, i lego, i playmobil, la palla nel parco.

Tira, dai, che sembri Ronaldo.

Il mio papà sembra Dio, l'altro giorno l'ho disegnato all'asilo e alla maestra Mindinha è piaciuto molto, ho disegnato il mio papà, non Dio, Dio lo disegno domani, oggi no perché devo giocare.

Ci svegliamo per giocare, qualunque bambino lo sa, e ancora di più lo mette in pratica.

Dai, tesoro, dai.

Mi sembra di sentire già il mio papà.

Fai colazione, Pedro.

E la mia mamma, la scocciatrice più bella della storia del mondo.

E io la faccio: latte e biscotti, chiaro, per crescere e diventare grande come Action-Man, pieno di muscoli.

Passa, dai.

Tra poco mi sveglio per giocare, avevate dubbi? Ci svegliamo per giocare, l'ho già detto, vero?

Quando mi sveglio mi metto a tremare, la professoressa d'inglese, il compito, e Carlotta.

Ah, Carlotta, se oggi viene con quel maglioncino nero giuro che non resisto e le dico tutta la verità.

Non ho ancora disegnato Dio nudo perché non ti ho ancora visto nuda. Che Dio mi aiuti, e la spogli, subito.

Sono il miglior studente della scuola solo per poterla impressionare, ci sono molti motivi per essere i migliori in qualcosa, ma l'amore è senza dubbio il motivo migliore, in realtà è l'unico, se ci pensiamo bene.

Meno male che lei apprezza l'intelligenza, se apprezzasse il talento nel gioco del calcio, ad esempio, sarei fregato alla grande, con la palla non ci so proprio fare, è un oggetto strano, sono l'anti Ronaldo, mettiamola così, la completa antitesi di tutto ciò che riguarda una palla da calcio, una palla qualsiasi, siamo sinceri.

Ci svegliamo per tremare, chiunque lo sa, e lo sa molto bene un adolescente pieno di dubbi come sono io, per fortuna nessuno è adolescente a lungo, ma io ancora lo sono.

Carlotta con quel maglioncino nero, e io di tutti i colori quando la vedo passare.

La professoressa d'inglese, il compito, che paura. Che Carlotta non mi richiami, di che altro?

Ci svegliamo per tremare, l'ho già detto, vero?

Quando mi sveglio mi metto a piangere.

La mia bambina, la mia principessa, quattro anni di lacrime felici appena compiuti.

Sei stato bravo, ragazzo, ho sempre saputo che eri un genio, mi ero solo sbagliato per quanto riguarda il talento.

Sì, papà, lo so, il genio è amare, e io amo.

Quattro anni della mia principessa, grazie, ti amo, mia regina, la mia Carlotta, come sono riuscito a farti innamorare di me, come?

Forse è stato quel disegno che ho messo di nascosto sull'altare della chiesa del quartiere, per mesi non sono uscito di casa, in castigo, l'espressione di sgomento di tutto il paese dopo aver visto una donna nuda al fianco di Dio.

Blasfemia, lo so, avresti dovuto stargli in cima, chiaro, gli dei stanno sull'altare, come mai non lo hanno capito? Miscredenti, persone senza fede, poveracci, che li aiuti Dio perché io non posso.

Amare occupa tutto il tempo, e solo l'amore ci occupa.

Il tuo sorriso, amo la vita ogni volta che tu ami la vita.

Ci svegliamo per piangere.

Niente, di ciò che non mi ha fatto piangere, è mai esistito, siamo ciò che ci fa piangere, l'insufficienza in quel compito d'inglese, la delusione della professoressa.

Una vergogna, Pedro, una vergogna, da te non me l'aspettavo, una vergogna, Pedro.

E intanto la tua risposta.

Sì, sì, che orgoglio, Pedro, che orgoglio.

Sì, durante la ricreazione, sì, la mia vita che cambiava per sempre, la mia vita che cominciava per sempre.

Amare vuol dire nascere di nuovo, vivere quello che sentiamo veramente, sai?

L'insufficienza più felice della storia del mondo.

Si piange per poter sanguinare dentro, un sangue buono, un sangue pieno di libertà, potremmo dire un sangue rivoluzionario, si piange per non esplodere, per non implodere.

La mia bambina, quattro anni di lacrime felici.

Sei stato bravo, ragazzo, sei il Ronaldo della tua vita.

Genio, papà, sono un genio, quando morirò andrò a salutare la mamma, lo prometto, e mangerò latte e biscotti insieme a lei, va bene, vecchio mio?

Grazie.

Sono io che ti ringrazio, Carlotta mia, ci svegliamo per piangere, l'ho già detto, vero?

Quando mi sveglio, amerò.

(...)

Ma non si svegliò.

Oggi il mio papà è venuto a vedermi giocare, quale gol potrebbe valere di più di uno segnato oggi, solo perché lui mi possa abbracciare come non ha mai fatto?

Sei mio figlio, questo è mio figlio, lo avete visto? Il miglior figlio del mondo, e per questo poteva segnare solo il miglior gol del mondo.

Aspetta un attimo, papà, tra poco colpisco un pallone al volo e *paf*! nell'angolino, dove fanno il nido i passerotti, è così che dici tu, vero? Aspetta ancora un po' e farò il miglior tiro di sempre per il miglior padre di sempre.

L'amore esige molte cose, perfino un tiro al momento giusto, *paf*!

Proprio oggi doveva piovere, oggi che sono andato a comprare il regalo per te al negozio del signor Ernesto, figlia mia, la bambola.

Quella che piange e ride, sì, papà?

In mezzo a un abbraccio e alle mie lacrime.

Certo che sì, certo che sì, ce l'ho qui con me.

Andare in moto sotto la pioggia non è facile, il papà adora andare in moto, sì, certo, e il papà guida con prudenza, certo, figlia mia, e la moto ha i superpoteri, certo, figlia mia, ho dovuto vendere la macchina, tu non lo sai e non lo saprai mai, perché dovremmo ferire qualcuno che amiamo con qualcosa che ci ferisce?

La tua scuola, i libri, le spese per la casa... ma non importa, essere padre vuol dire prima di tutto liberarsi delle cianfrusaglie che ci impediscono di amare meglio.

La bambola è protetta, l'ho avvolta in un telo di plastica, stai tranquilla, arriverà intatta fino a te, vorrei tanto che anche la vita arrivasse intatta fino a te, non dover vendere nessuna automobile, ad esempio, che ci sia sempre una bambola che piange e ride pronta a insegnarci come va il mondo.

Ancora un paio di chilometri e sono arrivato, mio piccolo amore, vado piano per non scivolare, a volte la vita richiede di andare piano per non scivolare.

Scriviti questa frase da qualche parte quando saprai come si disegnano le lettere, va bene?

Adesso, papà, sento che il momento è arrivato, con la pioggia non vedo bene ma sento che il momento è arrivato. Afonso mi passerà la palla, mi passa sempre la palla quando arriva sulla linea di fondo. Un giorno mi hai detto che in alcuni periodi della vita dobbiamo passare la palla quando arriviamo sulla linea di fondo, poi me la spieghi, prometti?

Eccolo lì, quasi sulla linea, sei pronto, papà? Guarda bene, guarda bene, è arrivato sulla linea di fondo, ecco il passaggio per me, sei pronto, papà? Io lo sono, io lo sono.

Vivere vuol dire essere pronti ogni volta che ti arriva un passaggio, ogni volta, ogni volta.

Adesso, papà, prepara gli applausi mentre io preparo il tiro, okay?

Qui vicino al campo da calcio c'è sempre un po' più di traffico, ma oggi no, c'è la partita dei ragazzini e sono tutti là dentro, così arrivo prima, figlia mia, la tua bambola è al sicuro, il tuo papà è al sicuro.

Perché ci spaventa tanto l'insicurezza di chi amiamo? La perdita fa paura, ciò che amiamo spaventa, sarà questo?

Anche questa pioggia fa paura, tra un minuto sono lì, devo solo passare il campo da calcio e sono arrivato, va bene?

Gol! Gol, figlio mio! È mio figlio, l'avete visto? è mio figlio, che razza di gol!

Gol, papà, hai visto? Hai visto?

Gol, figlio mio! Il gol più bello di sempre, il miglior figlio di sempre.

Il miglior papà di sempre, però non la migliore rete di sempre, oppure il tiro era così forte che l'ha bucata, cavolo, hai visto, papà? Ho tirato così forte che la palla ha bucato la rete, ed è perfino uscita dallo stadio, cavolo, hai visto, papà?

Il gol più bello del mondo, il miglior figlio del mondo.

Il miglior papà del mondo, c'è sempre un gol che ci risolleva la vita, o che ci manda dritti al tappeto. Hai visto, papà? Hai visto?

Grazie, papà, la tua bambola, era proprio quella che volevo, grazie, papà.

La tua felicità.

Sei il miglior papà di sempre.

Al diavolo la pioggia, al diavolo tutto.

Sei il miglior papà di sempre e per questo mi hai preso la bambola più bella di sempre.

La mia vita per una frase così, per un abbraccio così, la mia vita per una frase così.

Apri, figlia mia, puoi aprirla.

Sei il miglior papà del mondo e per questo mi hai preso la bambola più bella del mondo di tutti i mondi e dell'universo di tutti gli universi, basta solo pulire con un fazzoletto umido questo liquido rosso che c'è sulla scatola, è colore, vero, papà?

Sì, certo, è colore.

Ci sono momenti nella vita nei quali perfino ciò che sanguina in noi non è altro che colore che scorre.

L'amore è questo, solo questo: ciò che trasforma sangue in colore, ciò che trasforma qualsiasi cosa in amore, e non c'è altro da aggiungere, anzi, manca mia figlia.

E adesso prendi quest'altro regalo, una palla da calcio vera, del calcio dei grandi.

Sei il migliore, papà.

Sono il migliore papà del mondo, lo sono davvero, porca puttana. Adesso vai a giocare a calcio con la tua bambola, l'hai chiamata Sissi, giusto? Io vado a disinfettarmi le ferite che ho ai gomiti e alle ginocchia, okay?

[imparare non è una cosa solo per bambini]

Devo imparare a non piangere, papà.

La bambina si siede sulla sedia, si allunga tutta, molto seria, quasi stesse tenendo un discorso di fronte alla nazione come la signora della televisione.

Così sembro una donna grande, vero?

Il papà la guarda, allarga un sorriso, le pieghe al lato della bocca diventano più profonde, più vive, con più storie da raccontare, siamo le storie che abbiamo vissuto, solo questo, e ancora di più siamo ciò che facciamo con queste storie.

Sto bene così, papà?

Lui annuisce, dice di sì con la testa, la bambina si raddrizza sulla sedia, anche lei abbozza un sorriso.

Alla fine è divertente, è come un gioco, vero, papà?

Le pieghe attorno alla bocca del papà si aprono di nuovo, gli occhi si aprono e chiudono per alcuni istanti.

Ti senti bene così?

Lei risponde di sì senza esitazione.

Come potrei non sentirmi bene se ci sei tu, papà?

Arriva la signora che si occupa di tutta la faccenda, sorride poco ma non appena vede la bambina si lascia andare.

Allora, come va oggi?

Un bacio, una carezza sulla mano.

Bene, bene, dopo andiamo in libreria a comprare quel libro che desidero tanto.

La signora che sorride poco apre il sorriso ancora di più.

Le pieghe del papà, le pieghe del papà.

Facciamo finta che sia un giocattolo, va bene?

Il segreto è fare sempre finta che tutto serva per giocare, i bambini sono felici perché giocano, è così difficile da capire?

Oggi durerà un po' più del solito, okay?

La bambina non si preoccupa, è pronta a giocare.

Certo, più tardi vado a comprare un libro, gliel'ho già detto?

Sì, sì, lo aveva già detto, spesso dobbiamo ripetere più volte a voce alta quello che ancora non siamo riusciti a realizzare ma che comunque ci fa sentire completi, ci sono parole che devono essere dette, ripetute, fino a diventare parole vere, parole del mondo.

La mano del papà nella mano della figlia.

Ancora un po' di pazienza e andiamo.

Le pieghe di lui sempre più aperte e chiuse allo stesso tempo, l'amore ci apre e ci chiude allo stesso tempo, è una impossibilità fisica, una antiscienza.

La mano del papà nella mano della figlia.

Ieri la mamma è uscita prima per correre al lavoro, non mi ha neanche salutata ma quando è tornata mi ha chiesto scusa, doveva andare per forza.

La cosa peggiore della vita è dover fare le cose per forza, chiedere scusa per qualcosa che siamo costretti a fare.

Il papà si libera un po' della mano che stringe la sua, poi la stringe con ancora più forza.

Sì, sì, figlia.

Ma tu non te ne devi andare, vero? Poi mi porti in libreria, vero?

La signora che sorride poco è tornata e ha un sorriso stanco, esistono sorrisi dorati, sorrisi tormentati, sorrisi pieni di forza, sorrisi eroici, forse.

Certo, certo, sei la migliore, figlia mia.

Le pieghe del papà.

Andiamo, papà, andiamo prima che la libreria chiuda.

Un bacio veloce alla signora che non sorride.

A domani.

A domani, a domani, bella bambina.

La bella bambina si mette a correre come può, la gamba sinistra zoppica un po' ma lei prosegue, tante cose ci fanno zoppicare ma altrettante ci danno la forza per continuare.

Devo imparare a non piangere, papà, e oggi non ho pianto, hai visto? Hai visto?

Si aggrappa a lui e lo stringe con le braccia, con tutto il corpo, con tutta sé stessa, i bambini abbracciano con tutto loro stessi, senza mezzi abbracci.

Devo imparare a non piangere, papà.

Il papà le sistema la parrucca rosa che lei ha scelto per uscire sulla testa bianca, nuda, senza capelli.

C'è la pelatona, c'è la pelatona.

A scuola i compagni la chiamano così ma lei non se la prende, il segreto è non prendersela per ciò che spesso è fatto con l'intenzione di ferirci.

Così non perdo tempo a pettinarmi, vero papà? Vero mamma?

Si guarda allo specchio vicino alla porta mentre si sistema la parrucca stravagante.

Meno male che oggi ho preso quella più divertente di tutte, sembro quella cantante che ci piace tanto, vero, papà? Devo solo imparare a non piangere qui, papà.

Anch'io, figlia mia, anch'io.

Pedro Chagas Freitas

PROMETTO DI SBAGLIARE

Ti ho amato prima di saperlo
e forse è solo così che si ama.

Il locale è affollato e rumoroso. L'uomo è seduto vicino alla finestra e guarda il cielo grigio, annoiato come ogni lunedì mattina. Improvvisamente si volta e lei è lì, davanti a lui. Sono passati anni dall'ultima volta che l'ha vista, il giorno in cui l'ha lasciata. Da allora si è rifatta una vita, e anche lui. Eppure adesso si rende conto di non avere smesso di amarla neanche per un secondo. Per questo, quando lei cerca di fuggire, sconvolta dall'emozione, l'uomo decide di fermarla. E nel loro abbraccio, in mezzo ai passanti, le promette di tentare, agire, cadere, sbagliare di nuovo. Di amarla. Davvero e per sempre.
Questa sembrerebbe la fine, ma non è che l'inizio della loro storia. Perché ogni loro gesto, ogni lettera che si scrivono, ogni persona che incontrano ha un universo da raccontare. E l'amore è il filo rosso che lega tutto.

Pedro Chagas Freitas

PROMETTO DI PERDERE

Il seguito di *Prometto di sbagliare*

La strada è piena di rumori: le macchine che sfrecciano, le voci dei passanti, i clacson impazziti. Ma l'uomo non sente nulla. È come se tutto il mondo si fosse fermato in un istante. Per lui esiste solo lei. Lei che stranita si guarda intorno mentre il vento le scompiglia i capelli. Non la conosce, ma non importa. Sa di amarla. In fondo basta guardare i suoi occhi, le sue mani e la sua bocca. L'amore non ha bisogno di altro. L'uomo le si avvicina e le chiede di essere sua per sempre. Lei gli dice di sì. Comincia così la sfida che come loro tutti gli amanti devono affrontare, e ogni loro storia insegna qualcosa. Insegna che per restare insieme si devono fare errori. Bisogna credere nell'impossibile e convincere l'altro che l'amore non è una bugia, un'invenzione dei poeti. È dentro ognuno di noi. Basta non avere paura, paura di perdere.

Pedro Chagas Freitas

PROMETTO DI SPOSARTI OGNI GIORNO

Il treno sfreccia silenzioso in una mattinata grigia. Pedro sta guardando le nuvole che lentamente si aprono, quando all'improvviso un raggio di sole entra dal finestrino e illumina la ragazza seduta di fronte a lui. Barbara ha gli occhi grandi, un viso da bambina e un sorriso puro. I due si innamorano a prima vista. E decidono che ogni giorno insieme deve essere come la prima volta. Sono separati da centinaia di chilometri e centinaia di difficoltà, ma non rinunciano. Per questo faranno in modo di incontrarsi sempre in un posto e in un luogo diverso. Per riscoprire tutte le volte la meraviglia e dimenticare la distanza. Finché un giorno prendono una decisione. Quella di scegliersi ogni giorno, ogni minuto, ogni secondo. Per dare un significato alla parola «sempre».

Finito di stampare nel mese di febbraio 2019
presso Grafica Veneta S.p.A., Trebaseleghe (PD)